捧 读

触及身心的阅读

弗雷德里克·布朗
经典科幻小说集

最后的火星人
The Last Martian

〔美〕弗雷德里克·布朗 著
Fredric Brown
杨成虎 译

张进步 程碧 主编

南方出版社
·海口·

图书在版编目（CIP）数据

最后的火星人 / (美) 弗雷德里克·布朗著；杨成
虎译. — 海口：南方出版社，2024.5
（弗雷德里克·布朗经典科幻小说集 / 张进步，程
碧主编）
ISBN 978-7-5501-8965-2

Ⅰ.①最… Ⅱ.①弗… ②杨… Ⅲ.①幻想小说—小
说集—美国—现代 Ⅳ.①I712.45

中国国家版本馆CIP数据核字(2024)第080663号

最后的火星人

ZUIHOU DE HUOXINGREN

〔美〕弗雷德里克·布朗【著】

杨成虎【译】　张进步　程碧【主编】

责任编辑：　姜朝阳

装帧设计：　仙境设计

出版发行：　南方出版社

邮政编码：　570208

社　　址：　海南省海口市和平大道70号

电　　话：　(0898) 66160822

传　　真：　(0898) 66160830

经　　销：　全国新华书店

印　　刷：　宝蕾元仁浩（天津）印刷有限公司

开　　本：　889 mm×1194 mm　1/32

印　　张：　8

字　　数：　185千字

版　　次：　2024年5月第1版　2024年5月第1次印刷

定　　价：　45.00元

译者序
‖ "科幻鬼才"弗里德里克·布朗 ‖

弗里德里克·布朗（Fredric Brown）是美国著名的科幻与悬疑小说作家，出生于美国俄亥俄州的辛辛那提。他的作品以创新的叙述方式和令人捧腹的幽默风格而闻名。

布朗曾就读于辛辛那提大学，并在 1929 年获得文学学士学位。1937 年，他在《黄金杂志》上发表了首部短篇科幻小说。此后，他成为一名职业作家，为各种杂志和出版物撰稿。

他一生共创作了 30 多部长篇小说和数百篇短篇小说，作品涉及科幻、悬疑和奇幻等众多领域。其中最有名的是一系列短篇科幻小说，让他获得了"科幻鬼才"的赞誉。

布朗的科幻作品涵盖了多种主题，包括未来社会、人工智能以及宇宙探索等。他通过对未来社会的设定和情节展示，描述了这些问题可能产生的影响和后果。另外，他注重作品的科学合理性，以科学原理和技术发展为基础，力求使故事的设定和情节具有科学的现实性。同时，布朗的作品又不乏想象力和创新思维，他将科技与社会问题相结合，创作出引人入胜的故事和概念，给人以新的体验和思考。其作品中常融入社会讽刺和幽默元素，通过夸张和反讽的手法对社会现象和人类行为进行嘲讽和反思。此外，他善于塑造个性鲜明和心理复杂的人物形象，描绘人物的动机、冲突和成长，使人物在故事中展现出多维度的魅力。

此次在中国出版的《地球上最后的敲门声》《穹顶之下》《最后的火星人》，是布朗的科幻短篇小说精选集，一共包括60篇短篇小说。这本《最后的火星人》收录了22篇小说，包括《白昼噩梦》等篇幅较长的作品。《白昼噩梦》以深沉的笔调叙述了未来的人类在木星卫星上的探案故事，引人入胜……

本书中还收录了很多篇幅超短的作品，如《血统》和《失落的重大发现》。《血统》巧妙地讽刺了种族优越论等人类思维定式，语言幽默，读来令人莞尔。《失落的重大发现》则由三部曲组成，分别是关于隐身术、刀枪不入和长生不老的故事。尽管这些重大发现本应给人类带来重大的影响，但由于人性的缺陷，如自大、贪婪和欲望，令这些发现失落于历史的尘埃之中。这些作品以搞笑诙谐的方式描绘了人类面对危机时的荒唐反应，为读者提供了极富想象力的空间。

另外，布朗在长篇小说创作上也颇有建树。例如，1949年出版的《好个疯狂宇宙》（*What Mad Universe*）、1955年出版的《火星人，滚回家》（*Martians, Go Home*），都展示了布朗超凡的想象力和杰出的语言才华。

弗雷德里克·布朗的作品在科幻和悬疑文学领域具有深远的影响力，被视为这两个领域中不可或缺的经典作品。对于热爱科幻小说的读者来说，绝不可不读。

目录

contents

最后的火星人

这是一个平凡的傍晚，却比大多数傍晚都要乏味。我出席了一个无聊的晚宴后回到了编辑室。宴会上的食物实在太差劲了，尽管我没花一分钱，却有种被欺骗的感觉。搞笑的是，我居然要撰写一篇盛赞宴会的长篇报道，放进 10 ～ 12 英寸长的专栏。而报社编辑一定会将它缩减成一两个平淡的小段落。

斯奈普坐在桌子前，双脚搭在桌子上，显得无所事事。强尼·黑尔正在给打字机换色带。其他的男孩都在外面执行例行任务。

总编卡根走出自己的办公室，走向我们。

"你们有谁认识巴尼·韦尔奇吗？"他问我们。

真是个愚蠢的问题。巴尼开的"巴尼酒吧"，就在《论坛报》报社的马路对面。所有的报社记者都跟巴尼很亲近，也都向他借过钱。所以大伙儿都点了点头。

卡根说："他刚刚打电话过来说，有个人声称自己来自火星。"

斯奈普问道："是醉汉还是疯子？"

"巴尼拿不准，但他说如果我们愿意去找这个人聊聊，或许能写出个搞笑的故事。既然巴尼酒吧就在街对面，而你们三个家伙也闲得发慌，你们就派一个人马上过去一趟。可别把酒钱记在报社的账上。"

斯奈普说："我去吧。"但卡根的目光却落在了我身上。"你有空吗，比尔？"他问道，"这一定是个有趣的故事，你可是天生就对这类大众喜闻乐见的故事敏感的。"

"好吧，我去。"我嘟哝着。

"也可能只是个喝醉了酒发疯的人，但如果这家伙真的疯了，就打电话叫警察，除非你觉得自己能因此写出个搞笑故事。如果他被逮捕了，你就可以直接连线做现场报道了。"

斯奈普说："卡根，为了故事素材，就算是逮捕你祖母你也愿意是吧？我能和比尔一起去吗，就当兜兜风？"

"不行，你和强尼留在这里。我们不会把编辑室搬到巴尼的酒吧的。"说完，卡根就回到了自己的办公室。

我打出最后一个词语"30"，结束了这篇有关宴会的报道，然后把稿子放进管道[1]里送了出去。我拿起帽子和外套准备出去。斯奈普说："替我喝一杯吧，比尔。但别喝多了，别失去那种敏感。"

我说"当然"，然后沿着楼梯走下了楼。

我走进巴尼酒吧，四处打量。除了几个印刷工人在一张

1|写完单据一类的东西后，可以放进特殊的管道里送至某个地方，如主编室。

桌子上打金拉米牌²，没有其他《论坛报》的记者在那里。除了巴尼站在吧台后面，这个地方还有另外一个人，是个高个男子，瘦瘦的，面色苍白，一个人坐在包厢里，忧郁地盯着几乎空空如也的啤酒杯。

我想先弄清巴尼的事情，所以走到吧台前，放下一张纸币。"快点，"我跟他说，"来杯纯的，再来杯水。巴尼，是你告诉卡根，那个忧郁的高个子是火星人的吧？"

他点了点头，给我倒了杯酒。

"我该怎么做呢？"我问他，"他知道有个记者来采访他吗？我只需要给他买杯酒，然后骗他讲出自己的故事吗？还能怎么样呢？他还清醒吗？"

"那是你的事。他说两个小时前刚从火星过来，现在还处于懵懂之中。他说他是最后一个活着的火星人。他不知道你是记者，但他已经准备好与你交谈了。我都安排好了。"

"安排了什么？"

"我告诉他我有一个比普通人更聪明的朋友，可以给他一些建议。因为我不知道卡根会派谁来，所以我没有告诉他你的名字。但他已经准备好向你倾诉了。"

"知道他的名字吗？"

巴尼做了个鬼脸，说道："他说他叫杨根·达尔。听着，别让他在这里发疯啊。我可不想找麻烦。"

我一口气干了一杯酒，又抿了一口水。我说："好吧，巴

---

2 一种风行于美国的纸牌游戏。

尼，给我们拿两瓶啤酒，我自己带过去。"

巴尼拿了两瓶啤酒，打开盖子。结完账，他给我找回 60 美分零钱，然后我就带着两瓶酒走向包厢。

"达尔先生吧？"我问，"我叫比尔·埃弗里特。巴尼告诉我你碰到了问题，我可能会帮到你。"

他抬头看着我。"你就是巴尼打电话找来的人吗？坐下吧，比尔·埃弗里特先生。非常感谢你给我买啤酒。"

我轻轻走进包厢，坐到了他对面。他喝完前一杯啤酒后，双手紧张地握住我刚给他买的那瓶酒。

"我想你会当我是个疯子。"他说，"也许你是对的，但是——我自己都弄不明白。酒保可能认为我疯了。你是医生吗？"

"不算是。"我告诉他，"我是心理咨询师。"

"你觉得我是疯子吗？"

我说："大多数疯子都不会承认自己是疯子。但我还不知道你的故事。"

他喝了一口啤酒，然后又放下酒瓶。可能是为了克制双手的颤抖，他紧紧地握着瓶子。

他说："我是火星人。最后一个。其他人都死了。两小时前我还看见过他们的尸体。"

"你两个小时前在火星上？你是怎么来这儿的？"

"我不知道。这才可怕。我什么也不知道。我只知道其他人都死了，他们的尸体开始腐烂。太恐怖了。我们火星有一亿人，现在只剩下我一个了。"

"一亿？火星上有一亿人？"

"差不多吧，可能略微超过一点。但那么多人，现在都死了，只剩下我一个人还活着。我探察了三个城市，三个最大的城市。在斯卡尔，当我发现那里的人都死了之后，我找到了一艘塔尔冈飞船——根本没有人阻止我——我驾船飞往安达内尔。虽然我以前从未驾驶过这种飞船，但它控制起来非常简单。安达内尔的人也都已经死亡。我加满了燃料继续飞行。我低空飞行观察，可是，没有一个活人。我又飞往赞达尔，那是一个拥有300万人口的最大城市，但所有人都已死亡并开始腐烂。太可怕了，相信我，真是太可怕了。这一切让我无比震惊。"

我说："我能想象。"

"你很难想象。当然，火星本来就是一个濒死的世界。你不知道，我们火星人不过延续了十多代而已。两个世纪之前，我们的人口数量达到了30亿——但其中大部分人都在挨饿。人口锐减的主要原因是克赖尔症，那是由沙漠之风带来的疾病，我们的科学家对此束手无策。两百年间，我们的人口减少到了原来的三十分之一，但这种疾病仍在肆虐。"

"那么你的同胞是死于克赖尔症吗？"

"不。当火星人死于克赖尔症时，他的身体会逐渐干枯，而我看到的尸体并没有干枯。"他颤抖着，喝完了啤酒。我发现自己的酒还没喝，就一口气干了下去。我对巴尼竖起了两根手指，他正朝我们这边看着，一脸忧虑。

火星人继续说道："我们曾经试图开展太空旅行，但失败了。我们曾经希望，如果我们来到地球或其他星球，也许有些人能够逃脱克赖尔症的威胁。我们努力了，但没有成功。我们甚至无法到达火卫一和火卫二——它们是火星的卫星。"

"你们没有成功发展太空旅行？那你是怎么……"

"我也不知道。我真的不知道。而且告诉你，这快把我逼疯了。我不知道自己是怎么来到这里的。我是杨根·达尔，一个火星人。而现在，我就在这具身体里。老实说，这真的让我发狂。"

巴尼端着酒走了过来。他看起来非常不安，所以我等他离得远一点，听不到我们说话的时候，才继续问道："这具身体？你是说……"

"当然。这具身体并不是我的。你难道以为火星人和人类长得一模一样吗？我只有 3 英尺高，体重也只有 20 磅左右。我有 4 只手臂，每只手有 6 根手指。我对自己的这具身体感到害怕。我无法理解，就像我不知道自己是怎么来到这里的一样。"

"那你为什么会说英语？你能解释一下吗？"

"呃，从某种程度上来说，我可以解释。这具身体的名字叫霍华德·威尔科克斯。他是一个簿记员。他有一个妻子。他在一个叫亨伯特灯具公司的地方上班。我拥有他的所有记忆，我可以做他所能做的一切，我知道他所知道的一切。在某种意义上,我就是霍华德·威尔科克斯。我口袋里还有一些东西可以证明这一点。但这一切都没有意义,因为我是杨根·达尔,我是一个火星人。而且,令人难以置信的是,我甚至拥有这具身体的喜好,比如喜欢喝啤酒。如果我一想起这具身体的妻子,嗯——我爱她。"

我目不转睛地看着他,拿出香烟,将烟盒递给他。"要抽根烟吗?"

"这具身体——霍华德·威尔科克斯——不抽烟。不过,谢谢你。我们再来一杯啤酒吧,我买单。这些口袋里装着钱呢。"

我向巴尼示意。

"这是什么时候的事?你说仅仅两小时前?之前你有没有怀疑过自己可能是个火星人?"

"怀疑?我就是个火星人啊。几点了?"我抬头看了眼酒吧的时钟。"刚过 9 点。"

"哦,比我料想的晚了些。已经 3 个半小时了。当我发现自己身处这具身体时,时间大约是五点半。因为那时他正在下班回家的途中。根据他的记忆,我知道他在半小时前下班,也就是 5 点钟。"

"那你——他——到家了吗?"

"没有,我完全蒙了。那并不是我的家。我是个火星人。你明白吗?唉,如果你不明白,我也不怪你,因为我自己也不明白。我下车后开始步行回家。然后,我——我是说霍华德·威尔科克斯——口渴了，然后他——我——"他停了下来，又接着说，"这个身体渴了，所以我进来喝了一杯。喝了两三杯啤酒后，我以为吧台服务员或许能给我点建议，于是我开始和他聊了起来。"

我探身靠近桌子。"听我说，霍华德，"我说道，"你该回家吃晚饭了。如果不给你妻子打电话告个假，她会非常担心的。你给她打过电话了吗？"

"当然没有。我又不是霍华德·威尔科克斯。"不过，他脸上流露出了别样的担忧。

"你最好给她打个电话。"我说，"你又没什么损失。无论你是杨根·达尔还是霍华德·威尔科克斯，总归有个女人在家为你或他担心。请好心地给她打个电话吧，你知道电话号码吗？"

"当然知道。是我自己的——我是说，是霍华德·威尔科克斯的。"

"别让代词把你绕晕了，现在就去打电话吧。先别想怎么编故事，你现在脑子太乱了。告诉她你回家后会解释一切，但现在没事。"

他像个木偶似的起身朝电话亭走去。

我走到吧台，又要了一杯速饮。

巴尼问道："他……嗯……"

"我还不清楚。"我说道，"有些事情我还没有搞明白。"

我来到电话亭旁。

他苦笑着说："她气得火冒三丈。如果我——如果霍华德·威尔科克斯回家了，他的解释最好能自圆其说。"他狠狠地灌了一大口啤酒。"杨根·达尔的故事显然不够。"那一刻他变得好像个人类。

但随后他又陷入困惑之中。他盯着我说："或许我应该从头开始，告诉你发生了什么。我被锁在火星上斯卡尔城的一个房间里。他们将我关在那里，我不知道他们为何那么做。我被锁住了。然后有很长一段时间他们连食物也不给我，我饿得要死，于是咬着牙从地板上找到一块松动的石头，挖出一条从门下穿过的通道。我饥肠辘辘，花了3天——3个火星日，大概相当于6个地球日——才挖通，然后我蹒跚地找到了所在建筑物的餐厅。里面一个人都没有，于是我吃了些东西。然后……"

"继续说。"我说道，"我听着呢。"

"我走出建筑物，只见所有人都倒在街道上，全都已经死去，正在腐烂变臭。"他惊恐地捂住了双眼，"我查看了一些房子，以及其他建筑。我不知道为什么要搜寻，也不知道在搜寻什么，但是室内没有死人，每个人都躺在户外。没有一具干枯的尸体，这意味着不是克赖尔症杀死了他们。

"然后，正如我之前告诉你的，我偷走了塔尔冈飞船——或者说实际上我并没有偷，因为主人都死了。我四处飞行，寻找还活着的人。乡村地区也一样，每个人都躺在户外靠近房屋的地方，全都已经离世。安达内尔和赞达尔也是如此。

"你知道吗？赞达尔是全国最大的城市，也是首都。市中心有一块巨大的空地，被称为游戏场，超过一英里见方。似乎所有的赞达尔人都聚集在那里，或者至少看起来是这样。整整300万具尸体一起躺在那里，仿佛他们是聚集在那里一起死亡的，毫无遮掩。就像他们预知了什么。其他地方的人也都暴尸户外，但不像这里，他们整整300万人全部集中在这里。

"我飞过那座城市，从空中俯瞰这一切，我看到了空地中央一个平台上放置的东西。我控制塔尔冈飞船下降，悬停——这种交通工具在某种程度上类似于你们的直升机，我之前忘了说。我悬停在平台上方，好奇地观察着那个东西。原来那是一根由实心铜制成的柱子。在火星上，铜就如地球上的黄金一样珍贵。柱子上有一个按钮，镶嵌着宝石。柱子下面躺着一名穿着蓝袍的火星人，他已死去。好像是他按下了按钮，然后就死了。旁边的其他人也跟他一样，与他一同离世。其实所有的火星人都死了，除了我。

"我将塔尔冈飞船停在了平台上，走出飞船后按下了按钮。我不想苟活，因为所有人都已离世。我也不想活了。然而，我并未死去。不知怎的，我却坐在地球上的一辆电车上，下了班，正在回家的路上。此时，我的名字是……"

我向巴尼示意。

"听着，霍华德，"我说道，"我们再喝一杯，然后你最好回家见你的妻子。她现在肯定已火冒三丈，等你越久，

-10-

情况会变得越糟糕。而且，聪明点的话，你最好带上一些糖果或鲜花，在回家的路上构思一个特别精彩的故事。千万别是刚才你跟我讲的那个故事哦。"

他说："嗯——"

我打断他，说："干脆点。你就是霍华德·威尔科克斯，马上回去见你的妻子。我可以猜测一下你身上可能发生的事情。我们对大脑知之甚少，而大脑里会发生许多奇怪的事。或许中世纪的人们相信灵魂附体也有一定道理。想知道我认为你经历了什么吗？"

"什么？拜托，如果你能给我一个解释——只要别说我是疯子……"

"霍华德，如果你一直对这件事念念不忘，会把自己逼疯的。你要假设存在某种合理的解释，然后将它抛之脑后。我可以随意假设曾经发生了什么。"

巴尼拿着啤酒走了过来。

等他回到吧台，我才开口说："霍华德，或许——也就是说——可能有一位叫杨根·达尔的火星人今天下午死在了火星上。或许他真的是最后一个火星人。而且可能，在他死亡的那一刻，他的思维与你的思维神秘地融合了在一起。当然，我不是说一定发生了这样的事情，但也不完全是天方夜谭。假设这是真的，霍华德，你得努力面对这个情况。就当自己是霍华德·威尔科克斯吧，如果你怀疑的话，就照照镜子。回家与妻子和好，明天上班后就把这些事情忘记吧。你不觉得这个主意很妙吗？"

"嗯，也许你说得对。我感知到的证据……"

"接受这个证据吧，除非你有更好的证据。"

我们喝完了啤酒，我就把他送上了出租车。我提醒他待会儿要停下来买些糖果或鲜花，编一个合情合理的理由，不要再想刚才他告诉我的事情了。

回到论坛报社的楼上，我走进卡根的办公室，然后关上了门。

我说："没问题，卡根。我解决了他的问题。"

"发生什么事了？"

"他确实是个火星人。他是火星上唯一活着的火星人。只是他不知道我们来到了这里，他以为我们都已经死了。"

"但怎么会把他给漏了呢？他怎么会不知道呢？"

我说："他是个低能儿。他住在斯卡尔的一家精神病院里，有人疏忽了，把他留在了房间里。而按下发送按钮时，我们都被送走了，只有他被落下。他当时不在户外，没有接收到心灵港湾发出的射线，这种射线可以帮助精神穿越太空。他逃出了自己的房间，在赞达尔找到了那个举行仪式的平台，然后亲手按下了按钮，应该是还残留的足够的能量将他传送了过来。"

卡根轻轻地吹了声口哨。"你告诉他真相了吗？他够聪明吗？能保守秘密吗？"

我摇了摇头。"答案都是否定的。我猜他的智商大概只有'15'，跟地球人的平均水平差不多，所以他在这里应该能活得下去。我已经设法让他相信，他真的就是那个地球人霍华德·威尔科克斯。"

　　"幸好他跑到了巴尼酒吧。我一会儿给巴尼打个电话，告诉他事情解决了。真奇怪，他为什么不在给我们打电话之前给那个家伙用点麻醉剂？"

　　我说："巴尼是我们的人，他绝不会让那个家伙从他那里溜走。我们到达之前，他会一直把他留住。"

　　"但是你让他离开了。这样安全吗？你确定不应该……"

　　"他会没事的，"我说，"我会负责一直关注他，直到我们完全接管。之后我们可能还得把他重新送进精神病院。不过，我很庆幸，没必要杀了他。毕竟，不管他是不是低能儿，他也算是我们中的一员。他如果知道自己不是最后一个火星人，可能会非常高兴，所以对重回精神病院也就不介意了。"

　　我回到编辑室，坐在我的办公桌前。斯奈普不在，他出去处理一些别的事情了。强尼·黑尔从正在看着的杂志上抬起头来。"有新闻吗？"他问道。

　　"没有，"我说，"就是一个家伙喝醉了，给派对增添了些乐趣。巴尼为这事打电话还真让我吃惊。"

闪亮的胡子

父亲将她嫁给那个留着闪亮胡须的怪异大个子后，她终日提心吊胆。

这个男人身上散发着一种邪恶的气息，他有着强大的力量和鹰隼般的眼神，加上看她的眼神，都让她不寒而栗。她还听到了他的传闻——虽然只是流言蜚语——说他曾有过几个妻子，但无人知晓她们的下落。而最令她担忧的是那面奇怪的壁橱，他严令她不可进入，也不得试图窥探。

今天之前，她都一直遵守着他的规定。她曾想偷偷打开壁橱门，却发现门一直锁着。

可现在呢，她就站在壁橱前，手里握着一把钥匙，她确信这把钥匙能够打开门。一个小时前，她在丈夫的书房里找到了这把钥匙。毫无疑问，钥匙是从他的口袋中掉落的。钥匙的大小看起来正好能插入那面禁忌壁橱上的锁孔。

她小心翼翼地将钥匙插入锁孔，刚刚好。门打开了，但壁橱里并不是她所害怕看到的东西，不过那个东西也让她不解——那东西层层叠叠，好像是极其复杂的电子设备。

突然，她听到背后传来一个揶揄的声音："亲爱的，知道这是什么吗？"

她转身面对丈夫，"啊……我觉得是……看起来好像……"

"没错，亲爱的。这是一台无线电，但它超级强大，能在星际距离间传输和接收信息。有了它，我就可以与金星通信。所以，亲爱的，你知道了吧，我是来自金星的间谍。"

"但我不明……"

"你不需要明白，但现在我可以告诉你。我是金星的间谍，是准备入侵地球的先锋。你以为你会看到什么呢？你会在壁橱里找到被杀害的前几任妻子？在你眼里，我的胡须是蓝色的。我知道你是色盲，但是你的父亲难道没有告诉过你，我的胡须其实是红色的吗？"

"当然，可是……"

"你父亲说错了。他看到的是红色，因为我经常在外出时会使用易于洗掉的染料将头发和胡须染成红色。然而在家中，我更喜欢保持自然的绿色。这也是为什么我会选择色盲做妻子，因为她无法察觉到这种区别。"

"我选择的所有妻子都是色盲。"他深深地叹了口气，"唉，无论我的胡须是什么颜色，她们最终总会变得太过好奇，就像你一样，问太多问题。但是我并没有把她们关进壁橱，她们都被埋在地下室了。"

他粗壮有力的大手紧紧箍住她的胳膊。"来吧，亲爱的，我带你去看她们的坟墓。"

血统

　　时光机中，弗隆和德莉娜是吸血鬼种族中最后的幸存者，他们逃往未来以躲避种族灭绝。他们握手相依，在恐惧和饥饿中相互安慰。

　　22 世纪，人类找到了他们，发现吸血鬼与人类秘密共处并非只是传说，而是真实存在。于是，人类进行了一场大规模的屠杀行动，追捕并消灭了几乎所有的吸血鬼，只留下这两只漏网之鱼。幸运的是，他们已经研发出时光机并及时逃到了遥远的未来。在这个时代，人类已经遗忘了"吸血鬼"这个词，因此他们成功地守住了秘密，继续存活下来，繁衍后代，并重建起他们的族群。

　　"弗隆，我饿了，非常饿。"

　　"亲爱的德莉娜，我也很饿。我们很快就能够停下来休息片刻了。"

　　他们已经停了 4 次，每次都险些丧命，因为他们并没有被遗忘。最近的一次停留让他们看到了 50 万年前的世界，人类已经灭绝，而狗则进化成人形，进入了文明社会。然而，他们依旧被识破了身份。尽管他们成功从一只小母狗身上吸取了血液，但随后又被逼回时光机，再度逃遁。

"谢谢你愿意停下来。"德莉娜说完，叹了口气。

"不用谢我。"弗隆严肃地回答道，"这是我们的终点站。燃料用完了，这个地方也找不到任何能源进行补充，现在所有的放射性元素都已经转变为铅。我们只能留在这里生活——除此之外，别无选择。"

然后，他们走出去侦查了一番。"看！"德莉娜兴奋地指着迎面走来的生物说道，"是一个新物种哦！狗已经消失了，另一种东西主宰了这里。我们肯定被人类遗忘了。"

那个走近他们的生物具备心灵感应能力。"我听到了你们的想法。"他们的大脑中传来一个声音，"你们想知道我们是否听说过'吸血鬼'。那是什么鬼东西？我们对此一无所知啊。"

德莉娜兴奋地紧紧抓住弗隆的胳膊："自由了！"她饥渴地呢喃着，"食物也不愁了。"

那个生物继续说道："你们肯定想了解我的起源和进化史。如今，所有的生命都是植物。而我……"他鞠了一躬，说，"作为优势种族的一员，我就是你们原来所说的萝卜。"

漫画家

（与麦克·雷诺兹合写）

比尔·加里根的邮箱里装着 6 封信，但他只是快速瞥了一眼信封，就断定没有一封中是支票。里面都是些自诩为段子手的人创作的所谓段子吧，恐怕十之八九乏善可陈，毫无趣味可言。

他将这些信带回他那称为"工作室"的土坯小屋，把那顶破烂的帽子随意地扔在有两个炉头的煤油炉上。接着，他在厨房的椅子上坐下来，双腿盘绕在椅子腿上，面前是一张摇摇欲坠的桌子。这张桌子既是餐桌也是画板。

已经很久没有卖出作品了。虽然不敢奢望，但他仍然希望，这些信里有一段真正有市场的段子。毕竟，奇迹是有可能发生的。

他撕开第一个信封。里面是一个俄勒冈人写的 6 个段子，按照惯例寄来给他。如果他青睐其中一个，他就会照着画出来，并在漫画售出后给寄件人一定的分成。比尔·加里根读着第一个段子，上面写的是：

男人和女人驾车来到一家餐厅，他们的车上贴着"火焰吞噬者赫尔曼"的标志。透过餐厅窗户，可以瞥见人们在烛光下享受美食。

男人说："天啊，这里看起来真好吃！"

比尔·加里根叹了口气，翻到下一张卡片，再下一张，然后又是一张。后来，他打开了另一个信封，又一个信封。

行情每况愈下。即使在一个生活成本不算高的西南小镇从事漫画行业，维持生计也十分艰难。一旦你开始走下坡路，就会陷入恶性循环。要是你的作品在大市场上出现得越来越少，顶尖的段子创作者就会纷纷将他们的作品寄往别处。你最终拿到的就只有残羹冷炙，这无疑让你的处境更加困难。

他打开最后一个信封，取出里面的卡片，上面写着：

故事发生在另一个星球上。史努克的皇帝，其实是一个丑陋的怪物，正对身旁的科学家们发表讲话。

皇帝说："是的，我知道你们设计了一种访问地球的方法，但是谁会愿意去那里呢？那个地方充斥着那么多恐怖的人类！"

比尔·加里根若有所思地轻轻挠了挠鼻尖。这个想法不错。毕竟，科幻市场正在蓬勃发展。只要他能画出足够丑陋的外星生物，就能激发喜剧效果。

他伸手拿起一支铅笔和一张纸，开始勾勒草图。第一个版本的皇帝和他的科学家们看起来还不够骇人。他把纸揉成一团，又重新拿起一张纸。

　　嗯，想想看。每个怪物长着3个头，每个头上长着6只突出且圆睁的眼睛。6只短粗的胳膊。嗯，不错。上身长，下身短。4条腿中，前两条腿朝前弯，后两条腿朝后弯，脚呈扇形展开。现在考虑一下脸部，除了6只眼睛之外，还应该怎样设计呢？眼睛下面可以留白。一张大大的嘴巴，长在胸腔中央。这样一来，怪物就不会为哪个头吃东西而争论不休了。

　　他飞快地在背景上添加了几笔。他欣赏着自己的作品，觉得效果不错。也许太过出色了——也许编辑会觉得读者会害怕这种可怕的怪物，不敢直视。然而，他只能把怪物画得异常恐怖，否则这个段子就不会成功。

　　实际上，他也许能够让怪物变得更可怕些。他试了试，发现自己确实能够做到。

　　他全神贯注地作画，直到确信已经达到了自己绘画能力的极限。然后，他拿出一个信封，将画作邮寄给他曾经最大的买家——但那是几个月前他没走下坡路时的事了。他上次把画卖给这家，已经是两个月之前的事情了。没准儿他们会接受这幅作品呢，编辑罗德·科里对他那些带有离奇色彩的漫画还是颇为欣赏的。

　　过了将近6周时间，比尔·加里根几乎忘记了他提交的作品。就在这时，他收到了回信。

他急不可耐地撕开信封，里面是一张草图，旁边用醒目的红色大字写着"通过，请继续完成作品"，正下方是署名。

他有饭吃了！

比尔·加里根火速回到屋内，迅速清理掉桌上散乱的食物、书籍和衣物。然后，他抓起铅笔、钢笔，摆正画纸和墨水瓶，准备投入工作。

为了便于作画，他将草图夹在牛奶盒和脏兮兮的盘子中间。他目不转睛地盯着草图，仿佛重新回到了最初构思这幅画时的心境。

他的作品非常出色，而罗德·科里的出版社也是最佳之选——这是唯一一个能够付给他100美元一幅作品的出版社。当然，一些顶级出版商给予漫画大家的酬劳更为丰厚，但比尔·加里根已经不再抱有任何盲目的幻想。虽然他仍会一往无前地向顶级市场进军，但成功的希望非常渺茫。眼下，他只想卖出足够多的作品来养活自己。

他花了将近两个小时完成了最终版本，小心翼翼地用纸板包好，然后赶去邮局。作品寄出后，他满意地搓了搓双手。钱马上就会到账。现在，他可以让人修好坏掉的变速器，重新驾车上路，甚至还能赶得上支付部分的杂货店账单和房租。只可惜罗德·科里先生付款的时间有点晚。

实际上，直到漫画出版的那天支票才寄到。但在这段时间，他还向商业杂志出售了一些小作品，并不至于没饭吃。

尽管如此，当支票终于到来时，他依然体会到了美妙的感觉。

在回家的路上，他兑现了支票，并顺便在草原酒吧坐下来喝了几杯。那些饮料的口感如此美好，让他感到无比愉悦，于是顺便在售酒处买了一瓶麦德佳[3]。其实，他买不起麦德佳。可谁又买得起呢？但是某些时候，一个人必须适度地庆祝一下。

回到家后，他打开那瓶珍贵的希腊白兰地，惬意地品了几口，然后舒服地坐到了椅子上。他把脚搭在摇摇晃晃的桌子上，脚上是那双磨损严重的鞋子。他心满意足地长舒了口气。或许明天他会为花这么多钱而后悔，也可能会遭受宿醉的痛苦，但明天的事明天再说吧。

他伸手拿起附近最干净的玻璃杯，倒满了浓醇的酒。他心想，也许，名气是灵魂的食粮。他可能永远无法成为一位闻名遐迩的漫画家，但至少在这个下午，漫画创作赋予了他酒仙般的美好体验。

他端起玻璃杯，却没有立刻饮下。突然，他瞪大了眼睛。

他面前的土坯墙在闪烁着，颤抖着，摇晃着。然后，一个小孔缓缓出现。它不断变大、变宽，一瞬间，它变成了一扇门大小。

比尔·加里根不满地瞟了一眼白兰地。他自言自语道："哎呀，我几乎没碰它。"他狐疑地将目光转回墙上的门洞。

_____

3丨麦德佳，希腊白兰地，酿制时会混合橡木桶中陈酿的酒精和萨摩斯岛产的葡萄酒，口感醇和，有果香，适合餐后饮用或调制鸡尾酒。

心想，这一定是地震了。事实上，也只能是地震了。还有其他可能吗？

突然间，两个有着6只手臂的怪物出现在他面前。每个怪物都有3个头，每个头上有6只圆溜溜的眼睛。它们有4条腿，一个嘴巴位于躯干的中央位置。

"哦，不！"比尔·加里根说道。

每个怪物手中都握着一件令人胆寒的枪支样的武器。

它们将枪口瞄准了比尔·加里根。

"尊敬的诸位，"比尔·加里根说道，"我知道这是地球上最具威力的饮品之一，但我发誓，就算喝两杯也不可能出现如此离谱的场面。"

怪物们注视着他，浑身颤抖着。每个怪物有18只眼睛，此刻不约而同地都闭上了17只。

"真是个奇丑无比的家伙。"第一个穿过门口的怪物恐惧地说道。他转向另一个怪物，问道："阿戈尔，他是宇宙中最丑陋的东西，对吧？"

"我吗？"比尔·加里根心虚地问道。

"没错，就是你。但是请不要害怕。我们来这儿并非要伤害你，而是带你去面见伟大的邦·威尔三世，也就是史努克皇帝。在那儿，你将得到奖赏。"

"什么奖赏？为什么？史努克皇帝在哪里？"

"请您能不能一次只问一个问题。虽然我可以同时用3个头回答这3个问题，但我担心你无法理解我们的多重交流方式。"

比尔·加里根闭上了眼睛，问道："你虽然有 3 个头，但只有一张嘴巴。你是如何用一张嘴巴同时回答 3 个问题的呢？"

怪物张开嘴巴笑了两声。"你怎么会以为我们用嘴巴说话呢？我们只是用嘴巴发出笑声。我们通过渗透作用进食。我们用头顶的震动膜片进行交流。那么，你希望我回答之前的 3 个问题中的哪一个呢？"

"我能得到什么样的奖赏？"

"皇帝并没有告诉我们奖赏是什么。但可以肯定的是，它一定是一份巨大的奖赏。我们的任务只是将你带回去。使用这些武器是为了预防你可能不愿跟我们走。武器不是用来杀人的。我们拥有高度文明，决不伤害生命。这武器只会让人失去知觉而已。"

"你们不是真的。"比尔·加里根说道。他睁开眼睛，又迅速闭上了。"我一生都没有碰过大麻，也没有震颤性谵妄[4]，只喝两杯白兰地不可能就突然得这病。嗯，如果把在吧台喝的那几杯算上的话就是 4 杯。"

"你准备跟我们走吗？"

"去哪里？"

---

4 | 震颤性谵妄是一种短暂的中毒性意识障碍状态，通常发生于长期饮酒而突然停饮或减少
  饮酒量之后，有时可由抵抗力减弱如外伤、感染等因素促发，表现为意识清晰度下降，
  定向力障碍。

"去史努克那里。"

"那是哪里？"

"1745-88JHT-97608 时空连续体，K-14-320 星系的第5 颗逆行行星。"

"相对于我们这儿，那是哪里？"

怪物用一只手臂示意，"通过墙上的那个洞口就可以到达。你准备好了吗？"

"还没有。我为什么会得到奖赏呢？漫画吗？你们是如何知道的？"

"是的。因为漫画。我们对你们的世界和文明非常熟悉，它与我们的世界平行，但处于不同的连续体中。我们是具有强大幽默感的人。我们有艺术家，但没有漫画家。我们缺乏那种才能。你画的漫画，对我们来说异常有趣。史努克的每个人看了都乐不可支。现在，你准备好了吗？"

比尔·加里根说道："还没有。"

两个怪物举起了枪。两道枪声同时响起："咔嚓！咔嚓！"

"你已经恢复意识了。"有个声音告诉他，"请跟我走，前往圣宫。"

争论已经失去了意义。比尔·加里根走了过去。他已身处此地，不论这里是什么地方，或许只要他表现得好，他们就会奖赏他，并放他回去。

对于圣宫，他很熟悉，跟他漫画中画的一模一样。他一眼就认出了皇帝。不仅仅是皇帝，还有他旁边的科学家们。

他不禁陷入思考，自己在漫画中描绘的场景和生物居然真实存在，这是巧合吗？或者，正如他曾经读到的一个理论所述，存在着无数个宇宙，也存在无限多个时空连续体，所以人们脑海中的一切想象都在某个地方真实存在。初次接触这个理论时，他觉得很荒唐，但现在他却不那么确定了。

突然，他听到了一个声音，宛如从扩音器中传出的："英明神武的信仰领袖、光荣舰队之统帅、光之拥有者、星系之主、万民敬仰的伟大皇帝邦·威尔三世！"

突然，这个声音停了下来。比尔·加里根说道："我就是比尔·加里根。"

皇帝张开嘴巴，哈哈大笑。"感谢你，比尔·加里根，"他说道，"你给了我们生命中最美妙的笑声。我让人把你带来是为了犒赏你。今特聘你为皇室漫画家。这个职位以前并不存在，因为我们没有漫画家。你唯一的职责就是每天画一幅漫画。"

"每天一幅？可是，我从哪儿找到足够多的段子呢？"

"我们将为你提供滑稽的段子。我们拥有极其优质的段子资源：这里的每个人都有出色的幽默感，既能创作又能欣赏。而且，在这个星球上，你将成为第二伟大的人，仅次于我。"皇帝开心地笑了起来，"也许你会比我更受欢迎，尽管我的臣民依旧喜欢我。"

"我猜不会。"比尔·加里根坚定地说道，"我想我还是愿意回去——顺便问一句，这份工作的报酬是多少？我可能只工作一段时间，挣些钱或者带些有价物品返回地球。"

"你将获得超出你所有贪婪梦想的报酬。你将得到你想要的一切。你可以选择在这儿工作一年。如果你愿意的话，一年期满后，也可以选择终身任期。"

"我们……"比尔·加里根犹豫了。他思忖着，多少钱才会超出他贪婪的梦想。他猜想一定是个巨大的数字。毫无疑问，回到地球后，他将成为一个富翁。

"我强烈建议你接受。"皇帝说道，"你所画的每一幅漫画——如果你愿意的话，每天可以多画几幅——都将刊登在星球的所有出版物上。你将从这些出版物中获得版税收入。"

"你们星球有多少份出版物？"

"超过 10 万份。读者达到 200 亿。"

比尔·加里根嗫嚅着："嗯，也许我应该做一年再说。但是……呃……"

"怎么了？"

"在这里，除了画漫画之外，我如何生活？我的意思是，我理解在你们眼中我是丑陋的，就像你们对我来说一样。可是我没有朋友。和我交朋友的不可能是……我是说……"

"在你陷入昏迷的时候，我们早已事先安排好了这一切，希望你能接受。我们拥有所有宇宙中最顶尖的医生和整形外科专家。而你背后的墙壁实际上是一面巨大的镜子。如果你现在能转过身来……"

比尔·加里根迅速转过身，却马上晕了过去。

比尔·加里根的一个头正在全神贯注地指挥着一只手直接用墨水画漫画——他不再需要先画草图了。有了多个眼睛，他便能从不同角度观察自己的作品。

而他的另一个头则念念不忘他在银行账户中的巨额财富，以及他在这里所拥有的巨大权力和名气。没错，金钱以铜的形式存在，而在这个世界，铜是一种宝贵的金属。即使是在地球上，足够多的铜也能换来巨大的财富。然而，令人遗憾的是，他的另一个头意识到，他无法把这种权力和名气带回地球。

他的第3个头正在与皇帝交谈。最近，皇帝偶尔会来拜访他。皇帝开口道："嗯，明天就是截止日期了，但我们希望能说服你留下来。当然，我们会满足你提的条件。另外，由于我们不想使用强制手段，整形外科医生会将你恢复成你原来的……呃……样子……"

比尔·加里根胸口中央的嘴巴咧开一笑。被如此重视的感觉真是太美妙了。他的第4本漫画集刚刚问世，仅在这个星球上就销售了1000万册，这还不包括对星系中其他星球的出口销量。然而，这已经不再是钱的问题，他在这儿的所得一生也花不完。而拥有3个头和6只手臂所带来的便利更是妙不可言——他抬起第一个头，目光从漫画转向了他的秘书。她看到他凝视的目光后，调皮地垂下了眼睑。她实在是太美了。然而，他却从未有过对她出手的意图。他还站在岔路口，是否回到地球，他仍未下定决心。他的第二个头回想起在原来的星球上认识的那个女孩，不禁颤抖了一下。他使劲摆脱脑海中的念头，天哪，她长得是多么丑陋啊！

皇帝的一个头看到了那幅即将完工的漫画，他的嘴巴里发出歇斯底里的大笑。

是啊，有人欣赏的感觉真是太棒了。比尔·加里根的第一个头继续盯着威尔——他美丽的秘书。在他的凝视下，她的脸上涌上一抹浅浅的、美丽的黄色。

"嗯，兄弟！"比尔·加里根的第3个头对皇帝说道，"我会认真考虑的。对，我一定认真考虑。"

火星探险

历史教授说："为了建立外星永久基地，人类在采用单人侦察船进行初步勘探后，发起了第一次重大的火星探险行动，可该行动却遇到了一系列问题。其中最令人困扰的一个问题是：在这个由 30 人组成的探险队中，应该有多少男性和多少女性呢？"

"有三种不同的观点。

"第一种观点认为，飞船上应该有 15 名男子和 15 名女子——许多人可以找到合适的伴侣，永久基地能够得以持续发展。

"第二种观点是，船上应该带上 25 名男子和 5 名女子，这 5 名女子自愿签署协议，放弃一夫一妻制。这样，5 名女子就可以解决 25 名男子的性需求，而这 25 名男子则可以让这 5 名女子更加幸福。

"第三种观点则认为，远征队应该由 30 名男子组成，这样男人们就能更好地专注于手头的工作。同时，有人提出，考虑到大约一年后还会有第二艘飞船到来，而且船上的乘员大多是女性，男性忍受独身一年并不算太困难。而且，由于两所宇航学院严格实行男女分校制，他们已经习惯了这样的生活。

"最后，宇航局局长用一个简单的计策解决了这个问题。他……安布罗斯小姐？"这时，班上有一名女生举手示意。

"教授，那次探险是由马克森船长带领的吗？是那个被称为'强人马克森'的人吗？您能告诉我们大家为什么用这个绰号称呼他吗？"

"原因我马上会讲到的，安布罗斯小姐。你们以前在学校里可能听说过这个探险故事，但不是完整版。现在，你们长大了，可以给你们讲讲整个故事的来龙去脉了。

"宇航局局长是这么解决这个难题的。他宣布，探险队队员以抽签的方式从两所宇航学院的毕业班中选出，不分性别。毫无疑问，他个人倾向于选择25名男子和5名女子，因为男子学院的毕业生约有500人，女子学院的毕业生约有100人。以平均法则来说，胜出者的比例应为5：1，即5名男子对1名女子。

"然而，在任意一组特定数据中，平均法则都不是永远适用的。非常奇异的是，在这次抽签中，有29名女子成为幸运者，仅有1名男子胜出。

"除了幸运者之外，几乎每个人都表示强烈抗议，但局长坚持了自己的决定。抽签是公正的，他不愿取消获胜者的资格。唯一能让男人们保留一点颜面的是，局长做出让步，任命马克森这个船上唯一的男性为船长。飞船顺利起飞，旅行获得成功。

　　"当第二艘探险飞船着陆时，人们发现基地的人口翻了一番。远征队中的每位女性成员都生了一个孩子，有一位还生下了一对双胞胎，加起来总共是 30 个婴儿。

　　"嗯？安布罗斯小姐，我看到你又举手了，但请让我讲完。确实，我所告诉你们的这些内容并没有什么奇特之处。虽然很多人可能认为这件事有违道德、伦理，但对于一个男人来说，只要时间足够，让 29 个女子怀孕并不是什么了不起的壮举。

　　"马克森船长得到这个绰号，主要原因是第二艘飞船的研发进展比原定计划快得多，第二批探险队并不是在一年后到达，而是在 9 个月零两天之后。

　　"安布罗斯小姐，这算是解答了你的疑问吗？"

所有好心的外星怪物

来自仙女座 II 的宇宙飞船在强大的力量驱动下好似陀螺般飞速旋转着。长着 5 条长肢的仙女座人牢牢固定在飞行员座椅上，将一个头上的 3 只鼓突的眼睛转向另外 4 个仙女座人，他们都固定在飞船内各自的铺位上。"我们着陆时可能会比较颠簸。"他说道。事实果然如此。

埃尔莫·斯科特按下打字机的制表键，听着滑动杠杆发出的嘶嘶声和铃铛发出的提示音。声音很美妙，于是他又按了一次。但打字机里的纸上仍没有字迹出现。

他点燃了一支香烟，又仔细看了看纸张。没错，盯着纸张，而不是香烟。纸上仍然没有文字。

他把椅子向后倾斜，并转过身来看躺在碎花地毯正中心位置的银黑色杜宾犬。他说："你这只幸运狗。"杜宾犬摇动着它的短尾巴，除此之外没有做出其他回应。

埃尔莫·斯科特再次看向纸张。上面仍然一片空白。他把手指放在键盘上，敲出这些文字："现在是所有好心人过来救援派对的时刻。"他盯着这些字，尽管字迹寥寥，却宛如微风拂面，隐约有点创意的萌芽显现。

他大声喊道："亲爱的！"就见一个穿着蓝白格子围裙、有着深褐色头发的可爱女郎从厨房走了出来，站在他身边。他的手臂搭在她身上。他说："我想到了一个点子。"

她读了打字机上的那句话。"这是你3天来写的最好的东西了，"她说，"除了你写的那封续订《文摘》的信。当然，我觉得那封信更妙。"

埃尔莫叫道："闭嘴吧！现在我说说我要用那个句子来做些什么。我会一个字一个字地将它扩展成一篇科幻小说的情节。绝对不会错的。看着吧。"

他把胳膊从她身上拿开，在第一句话下面写道："现在是所有好心的外星怪物过来救援派对的时刻。"他说："懂了吗，亲爱的？这句话已经开始看起来像一篇科幻小说的开场了。好啦，善良的大眼老怪物，就是你们说的好心的外星怪物了。请看下面。"

有了第一句和第二句，他接着写道："现在是所有好心的外星怪物过来救援的时刻。"他盯着这个句子。"亲爱的，下面我该写什么呢？'银河'还是'宇宙'？"

"你最好自己决定。如果你不能在两周内完成一个故事并得到稿费，我们就会失去这个小屋，还得步行回城区，然后——你得放弃全职写作，重新去报社上班……"

"别提了，亲爱的。这些我都知道。再清楚不过了。"

"我也是，埃尔莫，你最好把它改成，'现在是所有好心的外星怪物过来救援埃尔莫·斯科特的时刻'。"

大杜宾犬在碎花地毯上微微动了动。它说："你不需要。"

两个人的头都转向了它。

那个娇小的褐发女人气鼓鼓地跺了跺纤细的脚，叫道："埃尔莫！你居然玩这种把戏。你的时间本应用在创作上，而你却花在学习腹语上！"

"不，亲爱的，"狗说，"不是那样的。"

"埃尔莫！你是如何让它的嘴巴动起来……"她的目光从狗的脸上移到了埃尔莫的脸上，突然停了下来。要么埃尔莫·斯科特是被吓呆了，要么他比莫里斯·伊万斯[5]的演技更棒。她再次喊道："埃尔莫！"但这次她只发出受惊的呼号，没有跺脚。相反，她几乎跌倒在埃尔莫的腿上。要不是埃尔莫抓住了她，她可能会摔倒在地板上。

"别怕呀，亲爱的。"狗说。

埃尔莫·斯科特恢复了一些神智。他说："无论你是什么，不要叫我的妻子'亲爱的'。她的名字是多萝西。"

"你却叫她'亲爱的'。"

"那……那是不一样的。"

"我看出来了。"狗说。它的嘴巴张开，舌头耷拉着，仿佛在笑。"当你用'妻子'这个词的时候，你脑海中出现的念头很有意思。所以你们这里是一个双性别的星球。"

---

5 莫里斯·伊万斯，英国演员。

埃尔莫说："这是一个……呃……你说什么？"

狗说："在仙女座Ⅱ号星上，我们有5种性别。但我们是一个高度发达的种族，这是毫无疑问的。你们是高度原始的。也许我应该说是低级原始的。你们的语言有让我困惑的含义，它居然不是以数理为基础的。但是，正如我开始提到的，你们仍然处于双性阶段。多久以前你们还是单性星球呢？不要否认你们曾经是，我能从你的脑海中读到'变形虫'这个词。"

"你会读心术，"埃尔莫说，"我有说话的必要吗？"

"考虑一下吧，亲爱的——我是说多萝西。"狗说，"我们不能进行三方对话，因为你们两个都没有心灵感应。无论如何，我们的对话中很快会有更多的人参与进来。我已经召集了我的伙伴们。"它又笑了，"不管它们以什么形式出现，千万不要被吓到。它们只是外星生物而已。"

"外星生物？"多萝西问，"你的意思是，你们都是眼珠突出的怪物吗？埃尔莫所说的外星生物就是这样的，可你不是……"

"那正是我的样子，"狗说，"你们现在看到的不是真实的我。你也不会看到我的伙伴们的真实形态。和我一样，它们也寄居在低等智慧生物的身体里。如果你见到我们的真身，我向你保证，你会把我们归为外星生物。我们每个人都有5个长肢和两个头，每个头上长着3只眼睛。"

埃尔莫问："你们的真身在哪里？"

"它们已经死……等等，我看到这个词对你来说意义重大。它们处于休眠状态，而且需要修复，所以暂时无法寄居。它们被放在一艘太空飞船的焊接壳里，这艘飞船因为太靠近一个行星，所以发生了形变。于是我们就搁浅在这个行星上了。"

"在哪儿？你的意思是真的有一艘飞船在这附近吗？在哪里？"埃尔莫问道，眼珠子几乎要瞪出来了。

"那不关你的事，地球人。如果被你们这群生物找到并加以研究，你们很可能会提前实现太空旅行。我们的宇宙计划会被打乱的。"它咆哮道，"现在宇宙中战乱频仍。我们在躲避一支贝图格斯舰队时，因空间扭曲而来到了你们星球。"

"埃尔莫，"多萝西说，"这跟甲壳虫汁[6]有关系吧？他会给你说关于甲壳虫汁舰队的故事，太不可思议了。你说的这些不也同样疯狂吗？"

"不，"埃尔莫无奈地说，"不要。"因为他看到一只松鼠刚刚从纱门下面的洞里挤了进来。

它说："嗨，大家好。我们收到你们的信息了，一。"

"懂我的意思了吧？"埃尔莫说。

"一切顺利，四。"杜宾犬说，"这些人会很好地为我们服务的。认识一下埃尔莫·斯科特和多萝西·斯科特。别叫她'亲爱的'。"

---

6 多萝西将"贝图格斯（Betelgeuse）"误听成了"甲壳虫汁（beetle juice）"。

"尼好西生！尼好富人！很高兴认识尼们。"

杜宾犬的嘴巴再次张开，发出了一声大笑。狗明显不是这样笑的。

"也许我该解释一下四的口音，"它说，"我们化整为零，每个人进入一个智商较低的生物脑内，并以该生物的身份与这个星球上占据统治地位的物种的某个成员进行接触，再以该成员的大脑反应为基础，了解该生物的语言、智力水平和想象力的丰富程度。从你的反应来看，我猜四进入的这个大脑的主人，与你所讲的语言稍有不同。"

"似的，我似不同的。"松鼠说。

埃尔莫微微颤抖了一下。"我不是在提醒你们，只是好奇为什么你们不直接控制那些高级物种呢？"他说。

狗看上去惊呆了。以前埃尔莫从未见过狗露出这种震惊的表情，但杜宾犬做到了。

"那是不可想象的，"它宣称，"宇宙的伦理规定，禁止接管任何智力超过 4 级的生物。我们仙女座人的智力是 23 级，我觉得你们地球人……"

"等一下！"埃尔莫说，"别跟我说实话，我会自卑的。是吧？"

"吾怕尼会的。"松鼠说。

杜宾犬说："因此你可以看到，我们选择向你——一名科幻作家——展示自己，并不完全是巧合。我们研究了许多生物的大脑，而你的大脑是我们发现的第一个能接受仙女座人造访地球的大脑。譬如，如果让四尝试向他研究的那个女人解释点什么的话，她可能会疯掉。"

"她肯定会的。"松鼠说。

纱门上有个小洞，一只鸡把头伸了进来，"咯咯"地叫了一声，又把头收了回去。

"请让三进来，"杜宾犬说道，"我担心你们与三无法直接交流。他发现为了让宿主能够说话，必须改变咽喉结构，这将是一个相当复杂的过程。但这并不重要。他可以与我们其中一员进行心灵感应式的交流，我们可以转达他的意见给你们。此刻，他向你们问好，并请求你们打开门。"

在埃尔莫看来，那只黑色大母鸡发出"咯咯"的声音时，表示它很生气，于是埃尔莫说："最好打开门吧，亲爱的。"

多萝西站起身来打开了门。她的脸上露出了惊恐的表情，然后看向埃尔莫，再转向杜宾犬。

"有一头母牛正朝这边走来，"她说，"你是想告诉我说她……"

"是他，"杜宾犬纠正道，"是的，那应该是二。鉴于你们的语言只有两种性别，完全不足以达意，你们可以称我们所有人为'他'，这样会少些麻烦。当然，我们有5种不同的性别，就如我之前所解释的。"

"你并没有解释这个。"埃尔莫说，显得很有兴趣。

多萝西瞪了埃尔莫一眼。"他最好别解释。5种不同的性别！全部都住在一艘宇宙飞船上。我想，你们需要这5种性别一起……呃……"

"正是如此，"杜宾犬说，"现在如果你们能请二进来，我相信……"

"不行！让头牛进来？你觉得我是疯了吗？"

"我们可以让你变疯。"狗说道。埃尔莫和妻子对视了一眼。

"多萝西，你最好打开门。"他劝告道。

"建议很好。"杜宾犬说，"顺便说一句，我们并不打算利用你们的好客，也不会要求你们做任何不合理的事情。"多萝西打开了纱门，那头牛嗒嗒地走了进来。

他看着埃尔莫，说："嗨，老兄，有什么新鲜事？"

埃尔莫闭上了眼睛。

杜宾犬问牛："五在哪里？你跟他联系过吗？"

"嗯，"牛说，"他马上就到。我看过一些候选人，这个家伙是个流浪汉，名字叫一。这些傻瓜又是谁？"

"穿裤子的是个作家，"狗说，"穿裙子的是他妻子。"

"什么是妻子？"牛问道。他看向多萝西，咧嘴一笑。"我更喜欢裙子。"他说，"你好啊，美女。"

埃尔莫腾地站了起来，怒视着那头牛。"听着，你这个……"他话还没说完，就笑了起来，几乎是歇斯底里地笑了起来，然后又颓然地坐回椅子上。

多萝西气愤地看着他。"埃尔莫！你竟然让一头牛……"但她看到埃尔莫的眼神时，也开始笑了起来。她重重地倒在埃尔莫的怀里，埃尔莫发出一声闷哼。

杜宾犬也笑了起来，他粉红色的长舌垂在外面。"我很高兴你们有幽默感，"他赞许地说，"事实上，这也是我们选择你们的原因之一。但是，现在我们严肃一点吧。"

他的声音里没有了一丝笑意。他说："你们不会受伤，只会受到监视。我们在这里的时候，不要靠近电话，也不要离开房子。明白吗？"

埃尔莫问："你们要待多久？我们的食物只够吃几天。"

他回答："足够了。我们建造一艘新的宇宙飞船只需几个小时。我知道你们很吃惊，我的解释是，我们能够在一个较慢的时间维度里工作。"

埃尔莫说："我明白了。"

多萝西不明白，问道："埃尔莫，他在说什么？"

埃尔莫回答："一个较慢的时间维度。我曾经在一篇故事中也用过这个概念。你进入另一个维度，那里的时间流速不同，在那里待上一个月，回到自己的维度时，只过了几分钟或几小时。"

"是你发明了这个概念？埃尔莫，你太神奇了！"

埃尔莫冲着杜宾犬笑了笑。他说："这是你们留下来直到新飞船建好的唯一要求吗？允许你们留在这儿，不告诉任何人你们在这里？"

"没错。"狗看起来有些兴高采烈。"我们不会给你们添麻烦。但是你们会受到保护，我和五会负责你们的安全。"

"五？他在哪里？"

"别紧张，他此刻就躺在你们的椅子下面，但不会伤害你们。你们没看到，他刚才是通过纱门上的洞进来的。五，见见埃尔莫·斯科特和多萝西·斯科特吧。别叫她'亲爱的'。"

椅子下一阵咯咯作响。多萝西尖叫起来，马上抬起双脚放到埃尔莫怀里，可埃尔莫呢，也试图将自己的脚放进去，场面一度有些混乱。

椅子下发出嘶嘶的笑声。"别担心，朋友们。刚才我从你们的大脑中了解到，我摇尾巴的意思是发出警告，打算发起——谢谢你替我想到了这个词——攻击。"一条 5 英尺长的响尾蛇从椅子底下爬了出来，盘起身体躺在杜宾犬旁边。

杜宾犬说："五不会伤害你们。我们都不会。"

松鼠说："没错，我们不费！"

牛靠在墙上，前腿交叉着说："对的，伙计。"他或她或它嘿嘿一笑，不怀好意地盯着多萝西。他说："亲爱的，你现在所担心的事情完全没有必要。我是经过驯化的。"他开始从容地咀嚼，然后停了下来。"我不会给你带来新（心）的麻烦。"他总结道。

埃尔莫·斯科特打了个冷战。

杜宾犬说："你肯定做过更糟的事情。刚学会的语言就能用双关，真了不起。我能看到你脑子里现在有一个问题。你想知道高智商的生物是否有幽默感。仔细想想，答案就显而易见了。难道你的幽默感不是比那些低智商的生物更加高级吗？"

"没错。"埃尔莫承认道，"顺便说一句，我突然想到一个问题。仙女座是一个星座，而不是一颗恒星。可你们说你们的星球是仙女座Ⅱ号。为什么？"

"实际上，我们来自仙女座某个恒星的一颗行星，但你们没有命名过，因为它的距离太遥远，无法被你们的望远镜观测到。我只是给它取了一个你们熟悉的名字，方便大家理解。所以我用了星座的名字给那颗恒星命名。"

之前，埃尔莫·斯科特可能有少许怀疑（他自己也不太清楚在怀疑什么），现在都烟消云散了。

牛打开了交叉的腿，问道："我们在等什么呢？"

"我想没什么了。"杜宾犬说道，"我和五会轮流站岗。"

"那咱们开始吧。"响尾蛇说道，"我先来半个小时，足够你们在那儿待上一个月了。"

杜宾犬点了点头。他站起身来，小跑到纱门前，用嘴推开门，然后用尾巴抬起门闩。松鼠、鸡和牛紧随其后。

"再见了，宝贝。"牛说道。

"我们肯定费再见面的。"松鼠跟着说。

大约两个小时后，正在站岗的杜宾犬突然抬起了头。

"他们走了。"他说道。

"什么？"埃尔莫·斯科特说道。

"他们的新飞船刚刚起飞。它已经通过扭曲空间离开了银河系，正朝向仙女座飞去。"

"你说的是他们。那你自己怎么没跟着去？"

"我？当然没有。我是雷克斯，你的狗啊。还记得吗？只是，一曾经寄居在我的身体里。他离开后，我拥有了较低水平的智力，能够感知到周围发生的事情。"

"较低水平的智力？"

"和你同一水平，埃尔莫。他说在我向你解释清楚这件事之后，我的这种能力就会消失。不过，能喂我一些狗粮吗？我饿了。亲爱的，你能给我拿点吗？"

埃尔莫说："别叫我妻子……话说，你真是雷克斯吗？"

"当然啊，我就是雷克斯。"

"亲爱的，给他拿点狗粮吧。我有一个主意，咱们都去厨房继续聊吧。"

"我能要两罐吗？"杜宾犬问道。

多萝西正从壁橱里取出罐头。"当然可以，雷克斯。"她说道。

杜宾犬躺在了门口。"亲爱的，给我们自己也准备些吃的，好吗？"埃尔莫建议说，"我饿了。听着，雷克斯，你是说他们就这样走了，也不向我们道别，是吗？"

"他们让我代替他们向你们道别。为了回报你们的款待，他们为你做了一件事。一发现了一直阻碍你构思故事情节的心理障碍，并为你消除了它。如今你又能写作了，或许不会胜过以前，但至少你不会再一看到白纸大脑就一片空白。"

"无所谓了，"埃尔莫说道，"他们那艘没修好的宇宙飞船呢？他们把它留下了吗？"

"当然。但是他们把自己的身体从飞船里拿出来修复了一下。顺便说一句，他们真的是外星怪物。每只有两个头，5根长肢——既能当手，也能当脚——每个头上长了3只眼睛，总共6只眼睛，都长在长长的眼柄上。你不是亲眼见过他们吗？"

多萝西在摆放冷食。"你不介意吃冷餐吧，埃尔莫？"她问道。

埃尔莫似乎在看着她，却没有听到她的话，于是问道："啥？"然后又转向杜宾犬。杜宾犬从门口站起身，走到多萝西刚刚放在地上的大碗狗粮旁边，说："谢谢你，亲爱的。"然后开始嘎吱嘎吱地嚼起了狗粮。

埃尔莫做了个三明治，有滋有味地吃了起来。杜宾犬吃完狗粮，舔食了点水后，回到了门口的垫子上。

埃尔莫凝视着它说："雷克斯，如果我能找到他们弃置的那艘宇宙飞船，我就不用再写故事了。我可以从里面找到足够多的东西……你能告诉我吗？"

"没问题，"杜宾犬说道，"如果我告诉你它在哪里，你要再养一只杜宾犬来陪我，还要饲养我们的狗崽。虽然你现在还不知道，但你终究会这么做的。名字叫一的外星怪物把这个想法已经植入了你的大脑，他说我应该也能从中得到一些好处。"

"好吧，你愿意告诉我它在哪里吗？"

"好，既然你已经吃完三明治了，我就跟你说说。如果你能看见的话，可能会觉得只是一粒尘埃般的东西，就在那片熟火腿上。它接近超微结构，你刚刚把它吃掉了。"

埃尔莫·斯科特双手抱头。雷克斯张着嘴，舌头耷拉着，伸出来老长，仿佛在嘲笑他。

埃尔莫伸出一根手指指向它，说道："你是说我要一辈子靠写作谋生喽？"

"为什么不呢？"雷克斯问道，"他们觉得这样你会更幸福。而且心理障碍已经消除了，写作也不会那么困难。你不用一开始就写'现在是所有好心人……的时刻'。顺便说一下，你把'人'换成'外星怪物'并不是巧合，那是一的主意。他早就在我身体里看着你了。他对此感到相当兴奋。"

埃尔莫站起来，在房间里来回踱步。"看来他们处处都比我聪明，雷克斯，"他低声呢喃着，"但有一点他们没能预料到，只要你配合我一下，我们就能战胜他们。"

"怎么配合？"

"有了你，我们就可以赚大钱。你是世界上唯一会说话的狗。雷克斯，我们会给你戴上镶满钻石的项圈，喂你吃上等的牛排，让你得到想要的一切。你愿意吗？"

"愿意做什么？"

"说话。"

"汪汪！"杜宾犬叫道。

多萝西·斯科特看着埃尔莫·斯科特。"为什么要这么做，埃尔莫？"她问道，"你告诉我，除非我们有东西给它，否则不能要它说话，而它刚刚吃饱了。"

"我不知道，"埃尔莫说道，"我给忘了。嗯，我最好还是回去再写个故事。"他跨过那只狗，走到另一个房间里的打字机旁边。

他坐到打字机前，然后呼唤着："嘿，亲爱的。"多萝西走进来站在他旁边。他说："我有灵感了。'现在是所有好心的外星怪物赶来救援埃尔莫·斯科特的时刻。'这句话就是灵感的源头。我甚至可以把它浓缩为一个标题——'所有好心的外星怪物'。故事说的是一个人试图写一篇科幻小说，突然间他的……嗯……狗——我可以让它成为一只像雷克斯那样的杜宾犬——嗯，还是先不要剧透了。"

他把一张纸放进打字机里，写下了标题：

所有好心的外星怪物

失落的重大发现之一：隐身之术

20 世纪有三个重大发现，然而它们却失落在历史的尘埃之中，令人扼腕。其中，第一个重要发现是关于隐身术的秘密。

这个秘密是 1909 年阿奇博尔德·普雷特发现的，他是爱德华七世时期派驻阿卜杜勒·厄尔·卡里姆治下苏丹国的使节。这个小国与奥斯曼帝国之间虽然订立了同盟关系，但是并不十分密切。

普雷特是一位生物学爱好者，他尝试给老鼠注射不同的血清来寻找能引发变异的试剂。当他给第 3019 只老鼠注射后，老鼠竟然消失了。虽然他能感觉到老鼠仍然在他手中，但看不见它的毛发和爪子。他小心地将老鼠放入笼子里，两小时后，老鼠又神奇地出现了，毫发无损。

他不断尝试着增加剂量，发现可以让老鼠保持长达 24 小时的隐身状态。然而，超过一定剂量会让老鼠感到不适乃至昏昏欲睡。他还注意到，在隐身状态下被杀的老鼠，在死亡瞬间会立即显形。

意识到这个发现具有重大价值后，普雷特发电报辞去了大使职务，遣散了仆从，闭门不出，开始拿自己进行实验。开始，用的是小剂量，可以隐身几分钟。剂量逐渐增加，最终发现自己与老鼠具有相同的药物耐受力。隐身超过 24 小时也会给他带来不适感。他还发现，虽然整个身体都会隐形，甚至闭上嘴后连假牙也无法看见，但他必须全身赤裸，因为衣物不会与他一起隐形。

普雷特行事磊落，家境殷实，从未考虑过利用隐身术从事犯罪活动。他决定回到英国，把他的发明献给政府，也许能派上用场。

然而，他还是想先放纵一下自己。他一直对曾经就职的苏丹国戒备森严的后宫充满好奇。为什么不偷偷潜入内部近距离观察一下呢？

此外，关于这个发现，他脑海中有个想法一直困扰着他，挥之不去。某些情况下……他知道仅仅通过思考找不到这个问题的答案。因此，用实验加以验证是绝对必要的。

于是，为了让自己的隐身时间达到最长，他脱光了衣物。他轻松地绕过全副武装的内侍，进入了后宫。整个下午，他欣赏着 50 多位美丽的女人从事各种保养活动，像是沐浴啊，用香油和香水涂抹身体啊。

其中一位高加索女子格外引起了他的兴趣。就像任何一个男人一样，他忽然想到如果在此留宿一晚，绝对是安全的，因为他的隐身术在第二天中午才会消失。他可以一直盯着她，然后就会知道她的寝宫在哪儿。这样在熄灯后，他就可以与她相会。她会误以为是苏丹王至此的。

他一直看着她，观察她进入哪个房间。有一个手持武器的内侍守在门帘旁边，其他内侍则守在其他睡房的门口。待她入睡后，他趁着内侍望向大厅没太在意门帘时，悄然穿过进了房间。这里漆黑一片，他小心翼翼地摸索着，终于找到了她的床榻。他伸出手，轻轻触摸熟睡中的女人。女人发出了尖叫。（他不知道，苏丹王从未在夜晚来过后宫，而是派手下带一位或几位妻子去他的寝宫。）

突然，外面的内侍冲进来，抓住了他的胳膊。最后时刻，他终于悟出隐身术的弊端了，那就是在完全黑暗的情况下，隐身是毫无用处的。最后时刻，他听到的是刀剑刺向他的呼啸声。

失落的重大发现之二：刀枪不入

第二个失落的重大发现是刀枪不入的秘密。这个秘密是1952年由保罗·希肯多夫中尉发现的。这个装置是电子设备，由一个可以方便地放在口袋里的小盒子组成，当盒子上的开关打开时，携带设备的人就会被一道力场环绕。希肯多夫通过杰出的数学能力计算后发现，这道力场的强度几乎无限大。

无论多高的温度，无论辐射量有多大，这个力场完全可以将其拒之在外。

希肯多夫中尉认为，被这个力场包围的人，无论是男人、女人，还是孩子或狗，近距离经历一次氢弹爆炸都不会受到丝毫伤害。

当时人类还没有引爆过氢弹。巧合的是，在中尉研制出设备的那一刻，他正身处一艘横渡太平洋前往埃尼威托克环礁的巡洋舰上。很快，这个消息传开了，说中尉他们将在那儿协助进行首次氢弹试爆。

希肯多夫中尉决定消失——其实是躲藏在试爆岛屿上，并在氢弹爆炸时待在那里。若是爆炸后，他毫发无伤，就可以打破人们的质疑，证明他的发现是完全可行的，足以对抗史上最强大武器的攻击。

这个任务并不简单，但他还是成功地藏了起来。倒计时一开始，他会匍匐前进，爬向氢弹。氢弹引爆时，他距离爆炸点只有几码[7]。

预测完全正确，他毫发无伤，没有烧伤，没有刮伤，也没有擦伤。

但是希肯多夫中尉忽略了一个可能发生的情形，而这个情形偏偏就发生了。他被一股力量以远超逃逸速度的速度从地表上吹走了，直接朝外飞出地球，甚至脱离了地球轨道。49天后，他落在了太阳上，仍然毫发无损。但不幸的是，由于力场内部只有能维持几个小时呼吸所需的氧气，在这之前他早已死亡。因此，对人类来说，至少在20世纪，他的发现永远被湮没了。

___

7 | 英制中的长度单位。1码等于0.9144米。

失落的重大发现之三：长生不老

20世纪第三项失落的重大发现，是长生不老的秘密。这项发现是1978年由一位名叫伊凡·伊凡诺维奇·斯梅塔科夫斯基的莫斯科化学家发现的。有两个原因使得斯梅塔科夫斯基没有记录下如何发现这个秘密，以及在试用之前如何知道它会奏效的。一个简单的原因是，他被这个秘密吓坏了。

他不敢将这个秘密向世人公布，因为他知道一旦将其交给政府，这个秘密会最终穿透"铁幕"，引发混乱。国内还好处理，但在那些纪律松散的国家，长生药物会导致人口膨胀，这将不可避免地引发对自己国家的攻击。

而他也不敢尝试使用，因为他不确定自己是否想要成为永生之人。就目前情况来看，哪怕是在苏联——更别提其他国家——永生真的值得吗？

他踌躇不决。眼下，他没有把药物交给别人，也没有自己服用。

与此同时，他随身携带着自己制造的唯一一剂药物。那是非常微小的剂量，不溶于水，因此可以装进一个微型胶囊里，放在口中。他将胶囊粘在一颗假牙旁边，夹在假牙和脸颊之间，这样他就不会意外咽下药物，非常安全。

如果他决定服用的话，随时可以把手伸进嘴里，用拇指的指甲压碎胶囊，成为永生之人。

一天，他下定决心服用药物。原因是他患上了支气管肺炎后，被送到了莫斯科的一家医院。医生和护士以为他睡着了，聊天时说他只能活几个小时。殊不知一切都落入了他的耳中。

无论永生可能带来什么后果，那一刻，对死亡的恐惧战胜了对永生的恐惧。所以，在医生和护士离开房间后，他立即压碎了胶囊，吞下了药物。

他想，死亡迫在眉睫，药物就应该及时发挥作用，挽救生命。药效的确是立竿见影，不过在药物发挥药效时，他已经陷入了半昏迷，神志不清了。

3 年后的 1981 年，他仍然处于半昏迷和神志不清的状态中。医生终于对他的病情做出了准确的诊断，不再感到困惑。

显然，斯梅塔科夫斯基服用了某种永生药物，这种药物无法分离，也无法分析。药物一直在阻止他的死亡。即使药物不会永远有效，也不知何时是尽头。

然而不幸的是，这也使得他体内的肺炎链球菌永存不死。正是这种细菌导致他患上肺炎，而现在将永远存在于他体内。因此，医生们根据实际情况，认为没有必要继续负担无限期的看护责任，于是就草草地将他埋葬了。

波态生物

摘自 1998 年出版的《韦伯斯特·汉姆林词典》（*Webster–Hamlin Dictionary*，校园精简版）中的定义：

wavery (WA-ver-i)：名词。俚语，指一种武装分子。

vader (VA-der)：名词。无机物的一种。

inorgan (in-ÔR-gan)：名词。非实体存在的无机物。

radio (RA-di-ô)：名词。1. 无机物类；2. 介于光和电之间的以太频率；3.（废）1957 年之前使用的通信方式。

　　入侵的第一波炮声并不响亮，尽管数百万人都听到了。其中之一就是乔治·贝利。

　　彼时，乔治·贝利已酩酊大醉。考虑到这个情况，没人能因此指责他。他正在听广播中播放的一则恶心至极的广告。我无须多言，他并不是出于自愿而听这些广告的，而是因为他的老板 J.R. 麦基要求他听的。麦基是 MID 广播公司的老板。

　　乔治为广播撰写广告。跟广告相比，唯一让他更讨厌的就是广播。而现在，他居然在业余时间收听对手公司广播的那些让人作呕的商业广告。

"乔治，"麦基说，"你应该去了解别人在做什么。尤其是我们的客户在同时使用多个媒体的情况下。我强烈建议……"

一个人不会质疑自己雇主的强烈建议，除非他不想保住两百美元周薪的工作。

但一个人可以边听广告边喝酸味威士忌。乔治就是这么做的。

此外，在两个广告的间隙，他还与梅西·黑特曼打着金拉米牌。梅西是个娇小可爱的红头发打字员。这里是梅西的公寓，收音机里正播着广告（事实上，乔治既没有收音机也没有电视机），而乔治带来了烈酒。

"……只有最上等的烟叶，"收音机里说，"才能制成全国最受欢迎的香烟……"

乔治看了看收音机。"马可尼！"他说。

自然，他指的是"莫尔斯"，但威士忌让他有点头脑不清，所以他的第一次猜测只是比其他人更接近正确答案。但从某种程度上来说，是马可尼。

"马可尼？"梅西问道。

乔治弯下腰关掉了收音机，他不喜欢对着收音机说话。

"我说的是莫尔斯电码，"他解释道，"童子军或者发报部门都使用莫尔斯电码。我以前是童子军。"

“你真的变了。”梅西说。

乔治叹了口气。“有人打算在那个波长上发报，肯定会有麻烦。”

“什么意思？”

“意思？哦，你是问代码什么意思吗？嗯……S，就是字母S。'嘀——嘀——嘀'代表S。SOS就是'嘀——嘀——嘀，嗒——嗒——嗒，嘀——嘀——嘀'。”

“O是'嗒——嗒——嗒'吗？”

乔治咧嘴一笑。“梅西，再说一遍。我喜欢听。我觉得你也是嗒嗒嗒的。”

“乔治，也许这真的是一条求救信息。打开它吧。”

乔治打开收音机，里面播送的一直是一则烟草广告。

“……拥有最嘀嘀嘀品味的绅士都选择味道更好的嘀嘀嘀牌香烟。全新包装，滋味嘀嘀嘀，超级新鲜……”

“这不是SOS。只有字母S而已。”

“就像一个水壶或者……嘿，乔治，也许这只是某种广告的把戏。”

乔治摇了摇头。“广告是不会删去产品名称的。等我一下……”

他伸手调整收音机的旋钮，稍稍向右转，又稍稍向左转，瞬间，他的脸上露出了难以置信的表情。他将旋钮调到了最左边的极限位置。那里没有任何电台，甚至没有载波的嗡嗡声。但是——

"嘀——嘀——嘀，"收音机里传出了声音，"嘀——嘀——嘀。"

他又将旋钮调到最右边。"嘀——嘀——嘀。"

乔治关掉收音机，目不转睛地看着梅西，可是又像完全没有看见她似的——做到这一点并不容易。

"乔治，出什么问题了吗？"

"我希望只是出了问题。"乔治说，"我真心希望如此。"

他本来打算倒一杯酒，却突然改变了主意。他突然预感到，有重大事件即将发生，所以他希望保持清醒，以便更好地体验那一切。

这事究竟有多重大，他一无所知。

"乔治，你是什么意思？"

"我也不知道我是什么意思。但是，梅西，我们赶快去广播电台吧，好吗？那里肯定会发生一些令人激动的事情。"

1957 年 4 月 5 日的晚上，波态生物降临地球。

一开始，那个晚上显得很普通，可现在却完全不同了。

乔治和梅西等了很久，一辆出租车也没有等到，于是他们决定改乘地铁。是的，在那个年代，地铁仍在运行。地铁直达 MID 广播大楼所在的街区。

大楼内一片混乱。乔治微笑着，挽着梅西的胳膊穿过大堂，乘坐电梯上了 5 楼，莫名其妙地给了电梯小哥一美元。他此前从未给过电梯员小费。

男孩向他致谢，然后说道："贝利先生，最好远离那些大人物。他们一直恶意对待任何盯着他们看的人。"

"太好了。"乔治说。

他走出电梯，径直朝 J.R. 麦基的办公室走去。

玻璃门后传来刺耳的声音。乔治伸手去拧门把手，梅西试图阻止他。"但是，乔治，"她低声说，"你会被解雇的！"

"总会有那么一天的。"乔治说，"亲爱的，退后，离门口远一点。"

他温柔但坚定地把她带到了安全的位置。

"可是乔治，你要做……"

"等着瞧吧。"他说。

他把门打开一英尺左右时，里面疯狂的声音停止了。当他把头探入房间时，所有人的目光都投向了他。

"嘀——嘀——嘀。"他说，"嘀——嘀——嘀。"

一只镇纸和一只墨水瓶飞了过来，砸穿了门玻璃。他迅速后退，躲到一边，避开了飞溅的玻璃碴儿。

他揽住梅西，一起奔向楼梯。

"现在我们去喝一杯吧。"他告诉她。

广播大楼对面的酒吧里人满为患，但里面的人却异常安静。考虑到大部分顾客是广播界人士，酒吧就没有安装电视机，只放置了一台大型箱式收音机，人们都聚集在周围。

"嘀——"收音机发出声音，"嘀——嗒——嗒——嘀——嗒嘀嗒——嘀——"

"美妙吧？"乔治轻声对梅西说。

有人拨动收音机的旋钮，有人问："这是哪个频段？"有人说："警察。"有人建议"调到外国频段"，结果真的有人去调了。"这应该是布宜诺斯艾利斯广播电台。"有人说。而收音机里继续传来"嘀——嗒——嘀"的声音。

有人用手指整理了下头发，说："关掉那该死的东西。"然后又有人重新打开了它。

乔治咧嘴一笑，带头走向后面的包间。看到皮特·马尔维尼独自在桌前坐着，面前摆着一瓶酒。他和梅西坐在了皮特对面。

"你好！"他郑重地打着招呼。

"见鬼。"皮特说，他是 MID 技术研究部门的负责人。

"马尔维尼，今晚真是个美丽的夜晚啊。"乔治说，"你看那月亮，像一艘镀金的巨大帆船，在棉花糖似的白云间飘来荡去，在风暴……"

"闭嘴！"皮特说，"我在思考。"

"来杯酸味威士忌。"乔治告诉服务员。然后他转过头对坐在桌子对面的人说："大声思考吧，让我们都能听到。但先说说看，你是怎么逃离对面那个疯人院的？"

"我被解雇了、开除了、辞退了。"

"来，握个手。然后解释一下。你真的对他们说了那个'嘀——嘀——嘀'了吗？"

皮特瞬间向他投来钦佩的目光。"你说了吗？"

"我有证人。你做了什么？"

"告诉他们我认为那是什么东西，然后他们觉得我疯了。"

"是吗？"

"是啊。"

"好的，"乔治说，"那我们想听听……"他弹了个响指，"电视怎么样？"

"都一样。只有一种声音，图像昏暗，屏幕上闪烁着雪花点。现在只剩下一片模糊。"

"太棒了。那告诉我出了什么问题吧。我不在乎是什么问题，只要不是什么微不足道的事情就好，但我想了解一下。"

"我觉得是太空的问题。太空被扭曲了。"

"太空真是神奇！"乔治说。

"乔治，"梅西说，"请闭嘴。我想听听这个。"

"太空，"皮特说，"也是有限的。"他倒了一杯酒。"你往任何方向走得足够远，最终都会回到起点。就像一只蚂蚁在苹果上爬行。"

"用橘子来形容更好。"乔治说。

"好吧，那就说是橘子。现在假设发射出去的第一批无线电波刚刚回到起点，历时 56 年。"

"56 年？可是我以为无线电波的传播速度和光速是一样的。如果是真的，那么在 56 年内它们只能传播 56 光年的距离。而这个距离不足以覆盖整个宇宙，因为我们已知有一些星系距离我们几百万甚至几十亿光年之远。皮特，我记不清具体的数字，但单单我们的银河系就比 56 光年要大得多。"

皮特·马尔维尼叹了口气。"这就是为什么我认为太空一定是扭曲的原因。肯定存在某种捷径。"

"这么短的一条捷径？不可能吧。"

"但是，乔治，听听那些传来的声音。你能读懂摩尔斯电码吗？"

"我不能。至少不能那么快。"

"嗯，我可以，"皮特说，"都是美国早期的无线电爱好者发出的东西，像是行话啊什么的。在正规广播出现之前，天空中充斥着这些信号，包括行话、缩略语。从农场到阁楼，业余爱好者们用摩尔斯电键以及马尔科尼无线电接收器、费森登无线电接收器来闲聊。你很快就会听到小提琴独奏了。我能告诉你，演奏的是什么曲子。"

"什么曲子？"

"亨德尔的《广板》。那是有史以来第一张被广播播放的留声机唱片。1906 年费森登从布兰特洛克播放的。你很快就会听到他的 CQ-CQ。打个赌，输了我请你喝一杯。"

"好吧，但这个'嘀——嘀——嘀'的声音是怎么产生的呢？"

皮特咧嘴一笑。"马尔科尼，乔治。是谁在什么时候发送了最强信号的呢？"

"马尔科尼？'嘀——嘀——嘀'？56 年前？"

"他是这方面的领军者。1901年12月12日，他发送了第一个横跨大西洋的信号。波尔迪湖的马尔科尼大站有一座高达两百英尺的巨大天线杆，它间歇性地发出着'S''嘀——嘀——嘀'的声音，持续了3个小时。同时，位于纽芬兰岛圣约翰的马尔科尼和两名助手一起将一只风筝放到400英尺的高空中，最终接收到了这个信号。而在大西洋的另一边，波尔迪湖的大莱顿瓶迸发出电火花，两万伏特的电流从庞大的天线上涌出……"

"等一下，皮特，你跑题了。如果这事发生在1901年，而第一次广播是在1906年左右，那么费森登的信息要过5年才能通过相同的路径传到这里。即使在太空中存在一条56光年的捷径，即使这些信号在传播过程中没有衰减太多以至于听不见——可这也太疯狂了。"

"我跟你说过了这很疯狂，"皮特郁闷地说道，"如此远距离传播的信号，到达目的地时会变得太过微弱，几乎可以忽略不计。而且，它们在每个频段上都出现，从微波到更高频段，强度都一样。就像你也提到的，我们几乎在两个小时内走过了近5年的路程，这是不可能的。我告诉过你，这太荒谬了。"

"但是……"

"嘘，听！"皮特说道。

收音机里传来一段模糊但明显是人发出的声音，与密电声交织在一起。然后是一段音乐，微弱而刺耳，但可以清楚地听到是用小提琴演奏的亨德尔的《广板》。

突然间，音调开始升高，就像从一个音阶逐渐上升到另一个音阶，声音变得越来越刺耳，仿佛要震坏耳膜。后来，音调变得太高，已经超出了人类听力的极限，最终他们什么声音都听不到了。

有人说："把这该死的东西关掉。"有人关了，而这一次再也没人打开它。

皮特说："即使是我自己也没真正相信过。还有一件事表明这是不可能的，乔治。这些信号也会影响到电视，而无线电波的波长是不会造成这种影响的。"

他缓慢地摇着头。"一定还有别的解释，乔治。我越想越觉得我错了。"

他说得对：他确实错了。

"太荒谬了！"奥吉尔维先生说道。他摘下眼镜，皱起了眉头，然后又戴上。他透过眼镜看着手中的几张复印纸，然后不屑地将它们扔到桌子上。复印纸滑到三角架名牌上的位置上才停下，名牌上面写的是：

B.R.奥吉尔维

主编

"太荒谬了！"他重复了一遍。

凯西·布莱尔，他手下最顶尖的记者，吐出一个烟圈，又用食指戳了一下烟圈中间。"为什么？"他问道。

"因为……哎呀，就是太荒谬了嘛。"

凯西说："现在是凌晨3点。干扰已经持续了5个小时，电视和收音机上没有一个节目能转播出来。全世界重要的广播电台和电视台都停播了。

"原因有两个。第一，他们只是在浪费电力。第二，各国政府的通信局要求他们停播，以帮助定位仪更好地开展工作。从干扰开始，到现在已经过去了5个小时，他们一直在全力以赴。他们到底发现了什么呢？"

"真是荒谬！"奥吉尔维先生说道。

"完全正确，但事实就是如此。格林尼治时间是晚上11点，纽约时间呢？我要把各地的不同时间转换成纽约时间——定位仪大约指向迈阿密的方向。之后向北转，直到两点钟时大约指向弗吉尼亚州的里士满。旧金山的定位仪晚上11点时指向丹佛，3个小时后又指向南面的图森。在南半球，南非开普敦的定位仪从布宜诺斯艾利斯的方向转为蒙得维的亚，那是北面1000英里之外了。

"晚上11点时，纽约有一些微弱的信号指向马德里，但到两点钟时他们根本无法获取任何指向。"他又吹了一个烟圈，"也许是因为他们使用的环形天线只能在一个水平面上旋转吧？"

"荒唐。"

凯西说："我更喜欢'荒谬'这个词，奥吉尔维先生。虽然它很荒谬，却并不荒唐。其实我非常害怕。我听说，如果将所有连线和所有其他定位视为从地球延伸出去的切线，而非围绕地球表面的曲线，它们都指向同一个方向。我用一个小地球仪和星图进行了实验。它们的目标都是狮子座。"

他身体向前倾，用食指敲了一下刚刚上交的稿子的第一页。"位于天空中狮子座正下方的电台根本无法获取任何定位。相对于那个点，地球方向的电台则获得了最强的定位信号。听着，如果您打算发表这个报道，之前一定要让一位天文学家检查一下这些数据，速度要快，否则就会被其他报纸捷足先登了。"

"但是，凯西，有个重金属层啊——它不是被认为可以阻挡所有无线电波并将其反射回去吗？"

"当然，它确实有这样的作用，但或许会有泄漏。或者信号可以从外部穿透进入内部，尽管无法从内部穿出来。它并非是坚固的墙壁。"

"但是……"

"我知道，这很荒谬。但事实就是这样啊。离发稿时间只有一个小时了。您最好快点发出这篇报道，并马上开始排版，同时让人检查一下我的数据和指向是否准确。此外，还有一件您想要验证的事情。"

"什么？"

"我没有检查行星位置所需的数据。狮子座在黄道上。一颗行星可能位于这里和狮子座之间的连线上。也许是火星。"

奥吉尔维先生的眼神亮了起来，随后又黯淡下去。他说道："凯西，假如你弄错了，我们将成为全世界的笑柄。"

"如果我是对的呢？"

奥吉尔维先生拿起电话，立即发出了一个指示。

《纽约晨间信使报》4月6日头版（上午6点）最终版：

无线电干扰来自太空，起源于狮子座。

疑为太阳系外生物试图与我们进行交流。

所有的电视和无线电广播都暂停转播。

无线电和电视台的相关股票开盘即下跌了几个点，然后急速下跌，直到中午才出现一定量的买盘，股价稍微回升了几个点。

公众的反应各不相同，那些没有收音机的人匆匆赶去购买，尤其是便携式和台式收音机。不过，电视机则毫无销量。由于电视转播暂停，屏幕上根本没有图像，只是一片模糊。但是打开电视机的伴音电路时，会接收到与收音机相同的混杂声音。就像皮特·马尔维尼对乔治·贝利指出的那样，这是不可能的，无线电波不能激活电视机的伴音电路。但如果这些是无线电波的话，它们又真的激活了电视机的伴音电路。

在收音机上，它们似乎是无线电波，但声音十分杂乱，没人能忍受得了长时间收听。哦，偶尔会有几秒钟的闪光时刻，能听到威尔·罗杰斯、杰拉尔丁·法拉尔的声音，捕捉到邓普西－卡本提尔之战或珍珠港的激动场面（还记得珍珠港吗）。但是有倾听价值的内容很少。大多数时间是毫无意义的肥皂剧、广告以及音乐的走音片段之类的大杂烩。这些是完全无法区分开来的，哪怕只听很短时间也会令人抓狂。

但好奇心是一种强大的动力。这些天里，出现了短暂的收音机脱销的繁荣景象。

最近还出现了一些难以解释和分析的繁荣景象，这让人想起了1938年奥森·威尔斯的"火星恐慌事件"，当时许多人突然开始购买猎枪和手枪。《圣经》的销售速度堪比天文类书籍，而天文类书籍则像煎饼一样畅销。在某个地区，突然间人们对避雷针产生了浓厚兴趣，安装避雷针的订单不断涌入，令建筑商们忙得不可开交。

亚拉巴马州莫比尔市的鱼钩销售出现了一波热潮，每家五金店和体育用品店在几个小时内就售罄了。背后原因目前仍不甚明晰。

当时，火星正位于太阳的另一侧，报纸上的文章也强调地球和狮子座之间没有任何行星存在，但人们似乎并不相信，公共图书馆和书店中的占星学书籍和与火星相关的书籍仍被抢购一空。

一些奇怪的事情正在发生——可是除了报纸之外，人们没有其他的消息来源。人们聚集在报社大楼外面，焦急地等待新一期报纸的出版。发行经理们都忙疯了。

人们还聚集在停业的广播工作室和电台周围，低声交谈，仿佛在守灵。MID 广播公司大门紧闭，只有一个门卫在执勤，允许试图解决问题的技术人员进入。一些前一天值班的技术人员已经连续工作了 24 小时以上，仍没有休息。

乔治·贝利睡到中午才醒来，略感头痛。他刮了胡子，洗了个澡，出去吃了个简单的"早餐"，然后就恢复了精神。他买了午间报纸的早期版，看了一会儿，咧嘴笑了。他的直觉是对的，不管出了什么事，一定不是小事。

但是出了什么事呢？

最新版的午间报纸揭开了谜底：

一名科学家声称地球遭到入侵

他们居然用了 36 号字，这是他们所能使用的最大号字。那天晚上没有人收到家庭版报纸。送报员一踏上送报之路就被人群包围，于是他们索性出售报纸而不再继续送报。聪明人以每份一美元的价格出售报纸。但那些老实的送报员不愿出售报纸，因为他们认为报纸应该被送到他们的老主顾家里，不过最终还是失去了报纸——半路上被人们抢走了。

报纸的最终版只是在标题上略作改动——从排版的角度

来看，是非常细微的改动。然而，表达的意义却发生了重大的变化。标题变成了：

科学家们声称地球遭到入侵

将一个动词的结尾字母"s"移到一个名词的结尾，可以产生什么样的效果呢？这是一个有趣的问题。

那天晚上，卡内基音乐厅打破惯例举行了午夜讲座。这场讲座不在计划之中，也未发通知宣传。赫尔梅茨教授于11点半走下火车时，一群记者已在等着他了。赫尔梅茨来自哈佛大学，那篇头条新闻第一版中的科学家指的就是他。

卡内基音乐厅的董事会主席哈维·安伯斯好不容易才挤过了人群。他没有戴眼镜，也没有戴帽子，气喘吁吁地走了过来。他紧紧抓住赫尔梅茨的胳膊，等了一会儿，才终于能开口说话。"教授，我们希望您在卡内基发表演讲，"他对着赫尔梅茨的耳朵大喊道，"报酬是5000美元，请您做一个有关'入侵者'的演讲。"

"当然可以。明天下午吗？"

"就是现在！我叫了一辆出租车等着呢。走吧。"

"但是……"

"我们会给您拉来听众的。快点！"他转向拥挤的人群，"让我们过去吧。你们不能都在这儿听教授讲话。来卡内基音乐厅吧，他会和你们交流。请顺路转发一下这个消息。"

消息传得很快，到教授开始演讲时，卡内基音乐厅已经挤满了人。不久之后，他们安装了一套扩音设备，这样大厅外面的人也能听到。到凌晨1点，附近几个街区的道路上已经挤得水泄不通了。

如果名下有100万美元，地球上没有哪一个赞助商不愿意用这些钱来购买这场演讲的电视或广播转播权，但是电视和广播都没有转播——因为早都失灵了。

"有问题吗？"赫尔梅茨教授问道。

前排的一名记者首先举手，问道："教授，地球上所有的定向探测站都确认了您说的今天下午的变化吗？"

"是的，完全确认。大约在中午时分，所有的定向指示信号开始变弱。在东部标准时间2点45分，信号完全消失。直到那时，天空中发出的无线电波虽然与地表的夹角不断变化，但与狮子座的一个参照点保持不变。"

"请问是狮子座的哪颗恒星呢？"

"我们的星图上没有可见的恒星。它们要么来自太空中的一个点，要么来自我们的望远镜无法探测到的一颗亮度很低的恒星。

"但是，今天下午2点45分——其实是昨天，因为现在已经过了午夜——定向探测器全部失效了。但是信号仍然存在，正从各个方向均匀地发出。入侵者已经全部到达。

"我们无法得出其他结论。地球现在被来源不明的无线电波完全包围，它们不断地在地球周围以各个方向传播，随意改变形状——目前仍在模仿吸引它们注意并把它们带到这里的源自地球的无线电信号。"

"您认为它们是来自我们看不见的某颗恒星，还是只是太空中的一个点呢？"

"很可能是来自太空中的一个点。理由就是它们并非由物质构成的生物。如果它们来自一颗恒星，那么这颗恒星一定非常暗淡，以至于对我们来说是不可见的。因为它们离我们相对较近，只有28光年的距离，这在恒星间的距离上来说算是相当近的。"

"您怎么知道它们距离我们多远呢？"

"基于一个相当合理的假设，也就是说，它们在56年前第一次接收到马可尼的S——S——S电码广播时便开始向我们靠近。因为最早到达的一批入侵者就是以那种形式出现的，所以我们假设它们在接收到那些电码时就开始了向地球进发的旅程。马可尼的电码以光速传播，28光年外的某一点，在28年前就接收到了那些信号；而入侵者也以光速前进，需要相同的时间才能到达我们这里。

"正如我们所预料的，只有最早到达的一批入侵者化身为莫尔斯电码的形式。后来的入侵者化身为不同的电波形式，于是这些电波在旅途中相遇，继续前进——或是相互吸收——前往地球。可以说，现在在地球周围存在着几天前刚刚广播的节目碎片。毫无疑问，还有最后一批节目的碎片尚未广播，但还未得到确认。"

"教授，您能描述一下这些入侵者吗？"

"我只能用描述无线电波的方式来描述它们。实际上，它们就是无线电波，尽管并非来自某个广播电台。它们是一种依赖于电波的生命形式，就像我们的生命形式依赖于物质的振动一样。"

"它们的大小各不相同吗？"

"是的，不过'大小'这个词有着两重含义。对无线电波一个波峰到下一个波峰的距离进行测量，得出的就是波长。考虑到入侵者覆盖了我们的收音机和电视机的整个频率范围，显然有两种可能性：一种是入侵者以各种不同的波长形式出现，另一种可能是每个入侵者可以根据接收器的调谐来改变自己的波长。

"但这只是两个波峰间的长度。从某种意义上讲，无线电波的整体长度由它们的持续时间决定。如果一个广播电台发送的节目持续一秒钟，那么携带该节目的波长就是一秒钟的光程，大约为30万千米。也可以说，一个持续半小时的节目，它的波长就是半小时的光程，以此类推。

"根据这种长度的定义，各个入侵者的长度范围从几千英里——持续时间只有几分之一秒，到超过50万英里——持续时间为几秒。目前观察到的来自同一个节目的最长连续片段大约只有7秒钟。"

"但是，赫尔梅茨教授，为什么您认为这些电波是生物，是一种生命形式，而不仅仅是电波呢？"

"因为就像您所说的，'仅仅是电波'需要遵循某些规律，就像无生命物质需要遵循某些规律一样。例如，动物可以爬上山坡，而石头除非受到外力推动，否则无法爬上山坡。这些入侵者是生命形式，因为它们表现出了主观意愿。它们会改变行进方向，并且最重要的是，它们保持着自己的身份特征；两个信号不会在同一个接收器里产生冲突；它们会互相跟随，但不会同时到达。同样波长的信号一般都会混合，而它们不会。所以说它们不'仅仅是电波'。"

"您认为它们有智慧吗？"

赫尔梅茨教授摘下眼镜，若有所思地擦拭着。他说："我怀疑我们永远无法知道答案。如果这些生物具备智慧，那它们的智慧将在一个完全不同的层面上，我们找不到可以进行交流的基础。我们是物质的，它们则是非物质的。我们和它们之间不存在共性。"

"可是如果它们万一具备智慧呢……"

"蚂蚁在某种程度上也具备智慧。我们可以将其称为本能，但本能是一种智慧的表现形式，至少它使蚂蚁能够完成一些智慧生物才能完成的任务。然而，我们无法与蚂蚁进行交流，更不用说与这些入侵者进行交流了。蚂蚁的智慧与人类有着巨大的差异，但与人类和入侵者——如果它们具备智慧——之间的智慧差异相比，则显得微不足道。是的，我认为我们将永远无法进行交流。"

教授的话颇有见地。事实证明，与入侵者的交流从未建立起来。

第二天，广播公司的股票价格开始企稳。但接下来的一天，有人向赫尔梅茨教授提出了一个价值64美元的问题，很多纸刊登了他的回答：

"恢复广播吗？我不知道我们是否会这样做。除非入侵者离开，否则我们肯定无法恢复广播。但是它们为什么要离开呢？除非在另一颗遥远星球上的无线电通信得到了完美修复，并且它们被吸引去那里。

"但只要我们重新开始广播，部分入侵者肯定会立刻掉头重回地球。"

短短一个小时，广播和电视公司的股票价格暴跌至零元附近。然而，在证券交易所并没有见到疯狂的场面：没有人疯狂出货，因为根本没有买家。广播公司的股票换手率为零。

广播和电视台的员工和演艺人员开始寻找其他工作。演艺人员换个工作并不困难。就这样，广播和电视外的其他娱乐形式突然兴起。

"倒下两个了。"乔治·贝利说。酒保问他是什么意思。

"我也说不准，汉克。这只是我的直觉。"

"什么直觉？"

"说不清。再来一杯，喝完我就回家。"

电动摇杯坏了，汉克只得手摇饮品。

"很不错的锻炼，你正好需要，它会帮助你减掉一些脂肪。"乔治说道。

汉克嘟哝了一声，他倾斜着摇杯倒出饮料，冰块快乐地发出了叮当声。

乔治细细品味着饮料，然后走到外面，却遇到四月间的雷阵雨。他站在雨棚下，看能否打到出租车。一个老人也站在那里。

"这鬼天气！"乔治说道。

老人对他咧嘴一笑："你也看到了，是吧？"

"什么？看到了什么？"

"先生，看一会儿吧。看一会儿就明白了。"

老人说完就走开了。乔治站在那里等了好一会儿，终于明白那里根本没有空车经过。他有些吃惊，过了一会儿才恢复正常，并再次回到酒馆。他走进了电话间，要给皮特·马尔维尼打一通电话。

他一连拨错了三个号码，才打通了皮特的电话。皮特的声音传来："什么事？"

"皮特，我是乔治·贝利。听着，你有没有注意到天气不正常？"

"当然注意到了。竟然没有闪电，这一场雷雨应该伴有闪电才对。"

"皮特，这意味着什么呢？是入侵者吗？"

"没错。而且这只是开始，如果……"电话线上传来噼啪作响的声音，听不清皮特在说什么。

"喂，皮特，你还在吗？"

是小提琴的声音。皮特·马尔维尼并不会拉小提琴。

"喂，皮特，到底出了什么……"

皮特的声音再次传来："乔治，来我这儿。电话不会持续太久。带上……"里面传来嗡嗡声，紧接着另一个声音说："……来卡内基音乐厅。最美妙的曲调尽在其中……"

乔治砰地挂断了电话。

他冒着雨去了皮特家。路上他买了一瓶苏格兰威士忌。皮特之前让他带点东西过去，也许这就是他想要的。

他猜得没错。

他们俩各倒了一杯酒，并举起酒杯。灯光稍微闪了一下，熄灭了，之后又亮了起来，但是比较昏暗。

"没有闪电，"乔治说道，"没有闪电，很快灯光也要熄灭了。它们正在占领电话线。它们拿闪电做什么呢？"

"可能是吃吧，我猜。它们一定是吃电的。"

"现在闪电也没有了。"乔治说道，"可恶！没有电话我还能忍受，蜡烛和油灯也能照明，但我会怀念闪电的。我喜欢闪电。可恶啊！"

灯光完全熄灭了。

黑暗中，皮特·马尔维尼小口喝着威士忌。他说："电灯、冰箱、电烤箱、吸尘器……"

"自动电唱机。"乔治说道，"想象一下，再也没有该死的自动电唱机了。没有公共广播系统，没有……喂，电影会怎样？"

"没有电影，连无声电影也没有。毕竟你不能用油灯来操作放映机。但是听着，乔治，汽车也开不动了——没有电，汽油发动机就无法启动。"

"为什么不呢？没有启动器，你能用手摇的方式启动发动机啊？"

"乔治，电火花呢？你觉得电火花是怎么产生的？"

"对哦。那么飞机也无法起飞。喷气式飞机还能飞吗？"

"嗯，我猜有些类型的喷气机可以不依赖电力，但它们不堪大用。喷气式飞机除了发动机外，还装有很多仪表，这些仪表都是电气设备。你不能仅凭直觉驾驶或降落喷气式飞机。"

"没有雷达。不过我们还需要雷达干什么呢？至少在很长一段时间内不会再有战争。"

"是啊，要等很久了。"

乔治突然坐直了身子。"喂，皮特，那核裂变呢？原子能呢？还能继续使用吗？"

"我深表怀疑。亚原子现象的产生基本上也依赖电能。我敢打赌，它们也能吞噬松散的中子。"（他会赢得这场赌博。那天在内华达州进行的一次原子弹试验彻底失败了，就像湿鞭炮无法点燃一样。另外，核反应堆也停止了运转。这两件事，政府还没有对外公布。）

乔治慢慢地摇了摇头，惊讶地说："有轨电车、公共汽车，还有客轮——皮特，这意味着我们要用回原始的动力源——马力了。如果你有意投资，现在就应该购买马匹，尤其是具备繁殖能力的母马。这样一匹母马的价值相当于其体重一千倍的白金。"

"没错。但别忘了蒸汽。我们还会有蒸汽机，包括固定式蒸汽机和机车。"

"当然，没错。长途运输将再次依靠铁马。但短途需要马匹。皮特，你会骑马吗？"

"过去会，但我现在年纪大了。我就凑合着骑自行车吧。对了，明天一早最好先买辆自行车，免得自行车脱销。我一定会买的。"

"好主意。我过去骑自行车也骑得不赖。而且没有汽车在周围妨碍你，太棒了。还有……"

"还有什么？"

"我还要买一个短号。我小时候会吹，现在还能重新捡起来。然后，也许我会找个地方猫起来，写那本小说。譬如说，印刷业怎么样？"

"乔治，印刷业在电力未出现之前早就已经存在。印刷业的重新调整需要一段时间，但书肯定还是可以印刷的。感谢上帝！"

乔治·贝利笑了。他起身走到窗户前，向窗外望去。雨停了，天空万里无云。

一辆有轨电车突然熄火，停在街道中央，灯光也熄灭了。

一辆汽车停了下来，很快又缓慢地启动，然后再次停下；它的前大灯迅速变暗。

乔治抬头望着天空，抿了一口酒。

他沮丧地说道："再也没有闪电了，我将永远错过那道光芒了。"

没有人想到政策的转变会如此顺利。

在紧急会议上，政府做出了明智的决定：设立一个拥有绝对权威的委员会，并下设3个分委会。委员会被称为经济调整局，仅有7名委员，其职责是协调3个分委会的工作，并迅速、彻底地解决它们之间的权力争议问题。

其中第一个分委会是交通局，它立即临时接管了铁路。它下令柴油机只能在侧线上运行，同时组织蒸汽机车的运营，着力解决铁路运输过程中没有电报和电信号的问题。然后，交通局决定了物品运输的顺序：食物排第一位，煤炭和燃油次之，之后按照相对重要性的顺序运输必需的制成品。一车又一车全新的收音机、电炉、冰箱等无用物品被草草地扔在铁轨旁，以待日后回收利用其中的废旧金属。

所有的马匹都被宣布为政府财产，根据它们的能力大小进行分级，分别用于工作或繁殖。驮马仅被用于最基本的运输工作。育种计划受到了最大的重视。交通局估计马匹的数量将在两年内翻倍，3年内翻两番，6～7年内全国每个车库都会有一匹马。

农民们暂时失去了他们的马匹，生锈的拖拉机也被停在田地里。不过，有专人指导他们如何利用牛进行耕种和其他农业工作，包括轻型运输。

第二个分委会是劳动力转移局。根据名称可推断，它会处理失业救济事务，帮助数百万暂时失业的人重新安置——这并不是一项难度很大的工作，因为许多领域对劳动力的需求量大幅增加。

1957年5月，有3500万个可以就业的人失业；到10月份，减少到1500万；到1958年5月，降至500万。到了1959年，局势完全处于掌握之中，竞争性需求已经开始推高工资。

第三个分委会面临着最艰巨的任务。它被称为工厂调整局，目标是将那些充斥着电动设备、大部分为生产其他电动设备而配备的工厂转型为生产非电气性必需品（即无须电力），这无疑是一个巨大的挑战。

开始的时候，只有很少几台可用的固定式蒸汽机器，故而以24小时轮班制运行。这些机器的首要任务是带动车床、压力机、刨床和铣床，用于制造各种尺寸的固定式蒸汽机。随后，这些生产出来的蒸汽机又被用来制造更多的蒸汽机。最终，蒸汽机的数量呈指数级增长，与马匹的繁殖情况相似。二者的原理是相同的。很多人称这些早期的蒸汽机为"繁殖种马"。毕竟，他们并不缺乏金属材料。工厂里堆满了无法改变用途的机械设备，等待着被熔炼掉。

只有当作为新工厂经济基础的蒸汽机器完全投入生产

时，它们才被指派用于制造其他物品，比如油灯、服装、煤炉、油炉、浴缸和床架。

不过，并非所有的大型工厂都进行了改造，因为在转型期，无数个体手工业在各地兴起。这些小型作坊由一两个人经营，制造家具、鞋子及蜡烛等各种不依赖复杂机械的产品。起初，这些小作坊因为没有来自重工业的竞争，获得了不菲的利润。后来，由于经济开始复苏，就业率和购买力都得到了恢复，他们便购进了小型蒸汽机来驱动小型机器，并且逐渐扩大生产规模，许多小作坊的产量甚至不亚于大型工厂，在质量上却更胜一筹。

在经济调整期间，尽管仍然有一些困难，但相较于30年代初的大萧条时期，困难要少得多，并且复苏的速度更快。

背后的原因显而易见：在应对大萧条时，立法者是在黑暗中摸索着前进的。他们不知道大萧条的原因——相反，他们了解用来解释这个原因的上千种理论，而这些理论相互矛盾——也不知道该如何解决。他们被一种观念所束缚，即认为问题是暂时的，不加干涉就会自行得到解决。简而言之，他们没有全面掌控当前局面，而在他们试着解决问题的过程中，情况变得越来越糟糕。

然而，1957年面临的局势对于该国以及所有其他国家来说是明确而显而易见的——没有电力可用，人们不得不回归蒸汽机和马力的时代。

问题就是这么简单明了，无须怀疑、引申或反对。除了一些怪人之外，全体人民都支持这种转变。

到了 1961 年——

4 月的一个雨天，乔治·贝利站在康涅狄格州布莱克斯敦小火车站的雨棚下，等着 3 点 14 分的火车上是否有人下车。

3 点 25 分，火车发出喷气声，停了下来，有 3 节客车和 1 节行李车。行李车门打开后，一袋邮件被递了出来，然后门又关上了。没有行李，所以可能没有乘客要——

接着，乔治·贝利看到一个高大的黑皮肤男子从尾部的车厢上荡了下来，他喜出望外地尖叫道："皮特！皮特·马尔维尼！到底发生了什么……"

"贝利，天哪！你在这里干什么？"

乔治紧紧握住皮特的手。"我吗？我住在这里。已经两年了。1959 年，我因为一首歌买下了《布雷克斯敦周报》，并自己经营。我既是主编和记者，还兼做门卫。雇了一个印刷工帮我处理印刷工作，梅西负责社交事务。她是……"

"梅西？是梅西·黑特曼吗？"

"她现在叫梅西·贝利了。在我买下这家报纸并搬到这里的同时，我们就结婚了。你在这里干什么，皮特？"

"出差。只待一个晚上。我要见一个叫威尔科克斯的人。"

"哦，威尔科克斯。他是我们这里的古怪人物——但别误会，他是个聪明人。嗯，你明天可以见到他。现在跟我回家去吃晚饭，再在我家住一晚。梅西会很高兴见到你的。走吧，我的马车在这边。"

"当然。你来这里要办的事都办好了吗？"

"好了，我只是为了向乘火车来的旅客收集消息。而你是乘火车来的，所以我们一起走吧。"

他们上了马车，乔治带起缰绳对着母马说："贝茜，走吧。"然后问道，"皮特，你现在做什么工作？"

"在一个燃气公司做研究。我正在研究一种更高效、透光性更好并且更耐用的灯罩。威尔科克斯先生写信给我们说他有一种符合这个要求的产品，公司就派我过来考察。如果他所说的是真的，我会带他回纽约，让公司的律师与他洽谈。"

"生意好吗？"

"很好，乔治。燃气是未来的趋势。每座新房子都安装了燃气管道，还有很多旧房子也是如此。你们那边如何？"

"我们也是。幸运的是，我们有一台旧的印刷机，它是用燃气炉加热金属字模的，所以我们已经接通了燃气管道。而且我家就在办公室和印刷店的楼上，这样我们只需将管道接通到楼上就行了。燃气真是个好东西。纽约的情况如何？"

"很好，乔治。人口只剩下 100 万，现在基本稳定了。人口少了，不再拥挤，每个人都有足够的空间。而空气——嗯，比大西洋城好太多了，完全没有汽油味。"

"还有足够的马匹吗？"

"差不多够了。但现在自行车很流行，工厂的产量不能满足需求。几乎每个街区都有一个自行车俱乐部，所有身体健康的人都骑自行车上下班。这对他们也有好处，再过几年医生的接诊量就会下降。"

"你有自行车吗？"

"当然，是一辆传统款式的。平均每天骑行 5 英里，我吃得不比马少。"

乔治·贝利笑了起来。"我会让梅西在晚餐里加点干草。我们到了。吁！贝茜。"

楼上的窗户打开了，梅西透过窗户向下看了一眼。她大声喊道："你好，皮特！"

"梅西，再加个菜吧。"乔治喊道，"我把马拴好，带皮特在楼下参观一下，我们马上就上来。"

他领着皮特从谷仓出来，进入报社的后门。他自豪地指着一台机器说："这是我们的机械铸排机！"

"它是如何工作的呢？你的蒸汽机在哪里？"

乔治笑着回答："它还没有开始工作，我们现在还是手工排字。我只能找到一台蒸汽机，所以不得不用在印刷机上。但我已经又订购了一台，打算用在机械铸排机上，大约一个月后就会到货。等我们有了机械铸排机，我的印刷工波普·詹金斯就要失业了，因为我不再需要他教我如何操作。有了机械铸排机，我一个人就可以搞定一切。"

"这对波普来说可能有些难受吧？"

乔治摇了摇头。"波普非常期待那一天。他已经 69 岁了，非常渴望退休。他坚持工作，就是希望有一天我能够自己独立操作机器。这是我们的印刷机——一台很好的米勒印刷机，我们还可以用它做一些印刷工作。这是前面的办公室，虽然有些乱，但在这里工作效率很高。"

马尔维尼环顾四周，咧嘴一笑："乔治，我觉得你找到了最适合你的位置。你天生就是当编辑的。"

"天生就适合吗？我对这个工作非常热衷。我比其他人都更享受。不管你信不信，我像一只狗一样努力工作，乐此不疲。咱们上楼吧。"

他们在爬楼梯时，皮特问："还记得你要写的小说吗？"

"已经写了一半，进展不错。不是我原本计划写的那本小说，那时我是个愤世嫉俗的人。而现在……"

"乔治，我觉得波态生物是你最好的朋友。"

"波态生物？"

"天哪，纽约的俚语要多久才能传到偏远地方？说的就是入侵者啊。有些专家一直在研究这些生物，将它们描述为以太中的波态区域，结果'波态'这个词就流行起来了。嗨，梅西，你看起恰如百万富婆。"

他们开始悠闲地用餐。乔治有些抱歉地拿出几瓶冷啤酒。"对不起，皮特，我没有更烈的酒可以给你喝。但我最近没怎么喝。猜猜……"

"你戒酒了，乔治？"

"不算是完全戒酒。没有发誓戒酒什么的，但我已经差不多一年没喝烈酒了。我也不知道为什么，只是……"

"我知道，"皮特·马尔维尼说，"我完全明白你为什么不喝——因为出于同样的原因，我也不怎么喝了。我们不喝是因为我们没必要喝。喂，那边不就是一个收音机吗？"

乔治笑了笑。"是个纪念品，我不愿把它卖了。我偶尔拿它来回忆一下过去为买它所面临的各种麻烦。然后我去按开关，收音机并没有响起来。只剩下寂静。皮特，有时候，寂静是世界上最美妙的东西。当然，如果有电的话，我就不能打开收音机，因为那样会把入侵者引来。我猜他们还在老地方继续'经营'，对吗？"

"没错，研究局每天都要进行检查。他们试图使用由蒸汽涡轮驱动的小型发电机来获得电源。但是，不管他们怎么尝试，电流一旦产生，波态生物就以极快的速度将其吸走了。"

"你觉得它们会离开吗？"

马尔维尼耸了耸肩。"赫尔梅茨认为不会。他认为它们的繁殖能力和可用电力成正比。即使宇宙中其他地方的无线电广播发展起来时，它们可能会被吸引过去，但仍然会有一些留在这里。而且当我们再次使用电力时，它们会像苍蝇一样快速繁殖。与此同时，它们会依靠空气中的静电生存。你在这里晚上都做些什么呢？"

"做什么？阅读啊，写作啊，彼此交流啊，参加业余社团啊。梅西是布雷克斯敦剧团的主席，而我则在其中扮演小角色。由于电影没有放映，每个人都更加投入戏剧演出，我们发现了一些真正的天才。还参加了国际象棋和跳棋俱乐部，骑行和野餐，等等——活动太多，时间总是不够用。更不用说音乐了，每个人都会演奏乐器，或者正在尝试学习。"

"那你呢？"

"我当然是吹短号。我是银色音乐会乐队的首席短号手，还有一些独奏的机会。天哪！今晚要彩排，星期天下午还要举行音乐会。虽然我很不想抛下你，但是……"

"我可以过去坐坐吗？我的公文包里带着长笛……"

"长笛？我们正好缺长笛手。把它带过来吧，我们的指挥西·佩金斯会强行把你留下参加星期天的音乐会。只剩3天时间了，没有理由拒绝吧？拿出来吧，我们演奏几首老歌预热一下。嘿，梅西，别洗碗了，快过来弹钢琴吧！"

皮特·马尔维尼走进客房，从公文包里拿出了他的长笛。乔治·贝利拿起钢琴上的短号，吹奏出一曲柔和而悲怆的小调。音质清脆动人，他今晚的状态极佳。

然后，手中握着银光闪闪的乐器，漫步到窗边，凝视着夜色。夜幕降临，雨不知何时已停了。

一匹马迈着矫健的步伐"嗒嗒"地经过，自行车铃铛叮当作响。街对面有人在弹着吉他唱歌。他深吸一口气，慢慢呼出。

春天的芬芳在潮湿的空气中柔和而甜美。

宁静的夜晚。远处传来隆隆的雷声。

他思索着，该死，要是有一丝闪电多好啊。

他怀念那道强光。

马族

　　加恩·罗伯茨，代号为密探 K–1356，这个代号只有银河联邦高级安全官员有权知晓。此刻，他正在单人太空飞船上睡觉，飞船以每小时 14 光年的速度自动巡航，距离地球206 光年。一声铃响将他惊醒。他匆匆走近通信仪，打开开关。联邦总统助理唐恩·布兰德的脸出现在屏幕上，扬声器中传出他的声音。

　　"K–1356，我有一项任务交给你。你知道星群中名为诺夫拉的恒星吗？"

　　"知道。"罗伯茨迅速回答。在这样遥远的距离进行通信颇为浪费能源，尤其是使用密集波技术，他想尽量为总统助理节省时间。

　　"很好。你了解它的行星系统吗？"

　　"我从未去过那里。我只知道诺夫拉的两颗行星上有生物居住。"

　　"是啊。内侧行星上居住着一个类人种族，与我们较为相似。外侧行星上生活的种族，体形类似地球上的马，但拥有第三对附肢，末端近似人手，这帮助他们达到了相当高的文明水平。他们给自己的种族起了名字，但地球人无法读出，因此我们把他们简称为'马族'。他们知道这个名称的由来，但并不在意。他们对名字不太敏感。"

"对的，先生。"在布兰德停顿时，罗伯茨回答道。

"两个种族都有太空旅行的能力，尽管没有超光速星际驱动器。在两个行星之间——你可以在星图上查找名称和坐标——有一个小行星带，类似于太阳系中的，但更加宽广，由原先位于这两颗宜居行星轨道之间的一颗较大行星解体后留下的碎片构成。

"两颗有生命存在的行星都没有太多的矿物，而小行星带则富含矿物质，是两个行星的主要矿物供应源。100年前，他们因此发生了战争。银河联邦通过斡旋结束了这场战争，促成类人种族与马族达成协议，允许两个种族中的每一名成员获得一个小行星的永久所有权——仅限一个。"

"没错，先生。我在银河历史书上读到过相关内容。"

"很好。现在的问题是，我们收到了类人种族的投诉，称马族违反了这项协议，他们虚构种群数量来争取更多的矿物质份额。

"这是给你的命令：登陆马族的行星。以你的贸易商身份前往——这不会引起怀疑，因为许多贸易商都会去那里。他们很友好，你不会遇到麻烦。作为来自地球的贸易商，你会受到热烈欢迎。你需要证实类人种族对马族的投诉是否属实。"

"好的，先生。"

"完成任务并离开该行星后，立即通过密集波向我汇报。"随后，屏幕上一片空白。加恩·罗伯茨查阅了他的指南和星图，重置了自动控制系统后，又回到床上，继续睡觉。

一周后，他完成了任务。离开诺夫拉星系 10 光年后，终于觉得安全了，于是他向银河联邦总统助理发送了密集波信号。几分钟后，唐恩·布兰德的脸出现在通信仪的屏幕上。

"先生，K-1356 向银河联邦总统助理汇报诺夫拉星系的情况。"加恩·罗伯茨说道，"我成功获取了马族的种群统计数据：数量刚过 200 万。然后，我核查了马族申请小行星的数量，他们已经提出了近 400 万份申请。很明显，类人种族的投诉属实，马族确实违反了协议。

"否则，马族的小行星怎么会比马族的种群数量多这么多呢？"[8]

---

8 作者在这里使用了一个谐音梗。美国有一句俚语叫"马屁股比马还多（there are more horses' asses than horses）"，意思是：（在世界上，或某个特定的地方或情况下）有很多令人讨厌的人，也可以指政治局势令人厌倦。文中的"小行星（asteroids）"是"屁股（asses）"的谐音。

禁止入内

在我们长到 10 岁时，他们向我们解释了这一切。或许他们认为在那之前我们太小，无法理解，尽管我们已经对此有了很多了解。他们在我们登陆火星后揭露了这个秘密。

"孩子们，欢迎回家！"校长在我们进入专门为我们建造的玻璃穹顶时说道。他告诉我们，晚上有一场特别的讲座，一个非常重要的讲座，我们都必须参加。

当晚，他向我们讲述了这件事的来龙去脉，并回答了我们的提问，阐述了这次行动的目的。他站在我们面前，必须穿着有加热功能的太空服和头盔。对我们来说，穹顶里的温度舒适宜人，但对他来说却是严寒刺骨，空气也显得过于稀薄，导致他无法呼吸。他的声音通过头盔内的无线电传送给我们。

"孩子们，"他说，"你们回家了。这里是火星，你们的余生将会在此度过。你们是火星人，第一批火星人。你们在地球上生活了 5 年，又在太空中过了 5 年。现在，在这个穹顶里，你们将生活 10 年，直到成年。穹顶生活结束前，你们将获准在户外逗留越来越长的时间。

"然后，你们将作为火星人，再次出发，建立自己的家园，过上自己的人生。你们会在内部通婚，你们的子孙将保持纯正血统。他们也将成为火星人。

"现在，是时候将这个伟大实验的经过告诉你们了，因为你们每位都是其中的一部分。"

然后，他开始讲述。

他说，人类在1985年首次抵达火星。当时火星上没有智慧生命（只有丰富的植物和一些不会飞行的昆虫），按照地球的标准来看，这里不适宜居住。人类只能在玻璃穹顶内生活，在外面活动时必须穿着太空服。除了温暖季节的白天，其他时候对人类来说太过寒冷。火星的空气太过稀薄，对阳光辐射的过滤程度不及地球，长时间接触可能会丧命。对他们来说，火星上植物的生物特性与地球不同，无法食用。他们必须从地球带来食物，或在水培槽中种植。

50年来，他们一直努力探索火星，但所有的努力都失败了。除了为我们建造的这个穹顶，还有另一个小得多、距离不到一英里的玻璃穹顶作为另一个前哨站。

曾经，人们认为，除了地球，人类永远无法在太阳系的其他行星上生存，而火星是最不适宜居住的。如果他们无法在这里生存，那么尝试探索其他行星也没有意义。

在2034年，也就是30年前，一位名叫韦莫斯的杰出生物化学家研制了一种神奇的药物——达普汀。这种药物并不直接对受体产生作用，而是在受药后特定的时间内产下后代，其适应能力能够得到神奇的提高。

药物赋予了受体的后代几乎无限的适应能力，前提是环境改变是缓慢而渐进地进行的。

韦莫斯博士给一对豚鼠接种了达普汀，并让它们交配后产下 4 只小豚鼠。韦莫斯博士将这些小豚鼠放置在不同的环境中，环境逐渐发生变化，结果令人惊叹。其中一只豚鼠能够在 –40℃ 的温度下舒适地生活，另一只则能适应 65.6℃ 的高温环境，第三只豚鼠即使食用对其他动物来说为剧毒的植物也能健康成长。而第四只豚鼠则能够在接受持续的 X 射线照射时悠然自得，而这样的辐射会让它的父母在几分钟内丧命。

随后对许多动物幼崽进行的实验表明，适应了新环境的动物的后代一出生就能够适应这些环境。

"10 年之后，也就是 10 年前，"校长告诉我们，"你们这些孩子出生了。你们的父母是从自愿参与实验的志愿者中精心挑选出来的。你们从出生开始就在经过仔细控制和渐变的环境中成长。

"从你们出生时起，你们呼吸的空气日渐稀薄，氧气含量随之减少。但你们的肺部通过变大来进行自我补偿，因此你们的胸部比老师和看护人员要大得多。当你们长大成人，开始呼吸类似火星上的空气时，这种差异将变得更加明显。

"为了适应越来越寒冷的环境，你们全身都会长出毛发。

如今，你们能够在普通人难以存活的条件下舒适地生活。而你们的保育员和老师们，必须穿着特殊防护装备才能在你们看来正常的环境中生存。

"再过 10 年，你们成年时，将完全适应火星环境。你们会自在地呼吸火星上的空气，享用火星上的植物。你们能轻松应对极端气温，能够惬意地享受中等气温。此外，由于我们在太空中度过的 5 年时间中，重力在递减，你们也不会对火星重力感到任何不适。

"这是你们的星球，你们将在此生活并繁衍后代。你们是地球的孩子，但也是第一批火星人。"

当然，我们早就了解这些情况了。

最后一年是最美好的时光。当时，穹顶中的空气成分——除了我们的老师和看护人员居住的加压区域的空气——几乎与外面的空气相同，我们获准在外逗留更长时间。置身于大自然中真是太美妙了。

最后几个月，性别隔离政策也开始放松，我们可以开始选择伴侣。虽然他们告诉我们，在管制结束的最后一天前，我们都不可以结婚。对我来说，选择并不困难。我早就做出了决定，我相信她跟我心意相通。我是对的。

明天就是我们的自由日。明天，我们将成为火星人，火星的主人。明天，我们将接管这个星球。

我们已经等待了好几个星期，我们中的某些人已经迫不及待了，但理智尚存，所以我们继续等待着。我们等了 20 年，我们会等到最后一天。

明天是最后一天。

明天，一收到信号，我们将杀死我们的老师和其他地球人，然后再出发。他们不会怀疑我们，所以这很容易实现。

多年来，我们一直在变异，地球人不知道我们多么痛恨他们。他们不知道，我们觉得他们是多么令人讨厌，多么丑陋。地球人身材畸形，肩膀狭窄，胸部瘦小，发声微弱，需要扩音才能在火星的空气中传播。更重要的是，他们那惨白的、光溜溜的皮肤，看着就令人不舒服。

我们将杀死他们，然后摧毁另一座穹顶，所有地球人一个不留。

如果有其他地球人前来惩罚我们，我们就躲藏在山中生活，他们永远也找不到我们。他们若试图再在这儿建造穹顶，我们会将其毁灭。我们希望与地球人再无瓜葛。

这是我们的星球，我们不欢迎外星人。禁止入内！

圆满的结局

太空巡洋舰的救生艇上有4位乘客，其中3人仍然身穿银河护卫队制服。

第4位乘客坐在小艇的一头，俯视着下方的目标。为了抵御太空的严寒，他身上裹着一件厚厚的大衣。他把帽檐拉低，遮住了额头，透过墨镜观察越来越近的海岸。他的下颌大半被绷带紧紧包裹着，下巴似乎受了伤。

突然间，他意识到在离开巡洋舰后已经不再需要这副墨镜。于是他顺手取下了墨镜。他的眼睛已经习惯了透过镜片看到的电影胶片似的灰色画面，此刻，眼前丰富多彩的景象几乎让他目眩。他眨了眨眼，再次凝视着前方。

他们迅速朝着海岸线边的一片海滩降落。沙滩闪耀着炫目的白光，如梦如幻，他在母星从未见过这种景象。天空和海水多么蓝啊，奇妙的森林多么绿啊。再靠近些，绿色中还隐约闪烁着一抹红色。他突然意识到那一定是半智能的金星鹦鹉，曾经作为宠物而在整个太阳系备受欢迎。

曾经，在整个太阳系，鲜血与钢铁从天空坠落，席卷了所有行星，现在早已风平浪静。

现在，在这个几乎被完全摧毁的世界中，在这一片被遗忘之地，鲜血与钢铁不再坠落。

只有在这样一个地方，独自一人，他终于找到了安全感。其他地方——无论何处——都是囚牢，甚至更有可能导致死亡。即使在这里，也存在着危险。太空巡洋舰上的3名船员都明白，也许有一天，他们中的某人会说出来。然后，即使在这里，他们也会前来找他。

但这是他不愿错过的冒险机会。另外，胜算也不低，整个太阳系中只有3个人知道他的位置，而这3个人都是向他效忠的傻瓜。

救生艇平稳地降落在岸边。舱门打开，他走了出来，在海滩上走了几步。他转过身等待着，两名宇航员将他的箱子拿出来，搬着穿过海滩，放在丛林边缘的波纹铁屋前。那间小屋曾是一座太空雷达中继站，虽然设备早已不在，天线杆也被拆除，但它仍然屹立不倒。这里将是他临时的家，但这个"临时"不会太短。两名宇航员返回救生艇，准备离开。

此刻，船长站在他面前，表情严肃。尽管费力，船长的右手仍然垂着，没有敬礼。因为，这是命令——不得敬礼。

船长的声音同样严肃，毫无情感："一号……"

"安静！"随后，他的语气缓和了些，"再往前走，离船远些再胡说八道。来吧。"他们已经到了小屋前。

"你说得对，一……"

"不，我不再是一号。你必须继续把我当作史密斯先生，你的表兄。你放弃了这艘船，必须给船上的下级官员做出解释，这是你带他来的原因。你就把我当成你的表兄，这样你在说话时就不太可能失言。"

"史密斯先生，我还要做点别的什么吗？"

"不用了。现在走吧。"

"我接受的命令是放弃……"

"没有人给你下命令了。战争已经结束了，结果是我们战败。我建议你考虑一下该驶向哪个太空港。在某些港口，你可能会得到人道主义的对待，而另外一些港口……"

船长点点头。"在另一些港口，人们对我们充满了仇恨。对吧？就这些吗？"

"就这些了。船长，你突破封锁线，在途中取得燃料，这些都是非常英勇的行为。至于酬谢，我只能说声谢谢。但现在，请你走吧。再见。"

"不是再见，"船长冲动之下脱口而出，"而是直到那一天才能再会……您会允许我最后一次叫您'船长'，给您行个礼吗？"

穿大衣的那人耸了耸肩，"如你所愿。"

鞋跟相撞，发出"咔嗒"一声，同时行礼，这是人们从前向恺撒大帝致敬的方式。"再见，一号！"

"再见。"他平静地回答道。

史密斯先生看着救生艇消失在蔚蓝的天空中，最后消失在金星的外层大气构成的薄雾中。那永恒的薄雾仿佛一直在空中，嘲弄着他的失败、他的孤苦。

日子慢慢地过去了。清晨，太阳刚刚探出头来，金星鹦鹉的叫声就开始回荡起来，从日出到日落，不知疲倦。有时候，6条腿的巴隆会在树上像猴子一样对他咿呀咿呀地叫。雨来了，又走了。

夜晚，远处传来了鼓声。不是雄壮的军队行军之声，也不是野人发出的威慑呼号。就是鼓声，在好几英里之外，应该是在为原住民的舞蹈伴奏，或是在驱逐夜间森林中的恶魔。他猜这些金星人也有自己的迷信行为——所有的种族都有。对他来说，这并不是威胁，而是丛林之心的脉动。

史密斯先生知道，尽管他选择目的地时有些匆忙，但他有时间阅读现有的很多报告。当地人是友好的，不会伤害他。在战争爆发之前，有一个地球人传教士生活在他们中间。他们是一个简单而软弱的种族。他们很少离开自己的村庄。曾经在小屋里生活过的太空雷达操作员报告说，他从未见过他们中的任何人。

所以，避开原住民毫不困难，即便偶尔与其相遇也没有危险。

除了苦涩，无须担心其他。

不是悔恨之苦，而是失败的苦涩，被手下败将打败的苦涩。他曾将那些该死的火星人赶回到了他们那该死的干旱星球。木星的卫星联盟每天夜晚派遣庞大的宇宙飞船，不断登陆他的母星，将他们的巨大城市夷为平地。虽然付出了一切努力，拥有 20 多种威力超强的秘密武器，他的军队也倾其所有进行反击，但是，这支军队是羸弱之师，大部分士兵要么未满 20 岁，要么已经 40 岁开外。

而且，军队内部出现了叛徒，有些叛徒甚至是将军级别的高官。而卢那的变节标志着战争的终结。

他的人民会再次崛起。但并非大决战后的此刻，也不会是在他的有生之年。统帅不是他，也不是他这样的人。他是最后的独裁者。

他被整个太阳系所憎恨，他也憎恨整个太阳系。

只有独自一人，他才能忍受这一切。他早已认识到了孤独的必要性。孤身一人时，他依然是那个一号。若有他人在场，他将不得不接受自己的地位已发生了可悲变动的事实。独自一人时，他的骄傲可以保持，他的自尊完好无损。

那些漫长的日子里，鹦鹉在尖叫，海浪声绵延不绝，树上的巴隆动作似鬼魅，叫声尖厉刺耳。还有鼓声阵阵。

这些声音，也仅有这些声音而已。但或许，寂静会更加糟糕。

因为无声时刻更为嘈杂。那些时候，他会在夜晚沿着海滩漫步，而头顶会出现喷射机和火箭的轰鸣声。那些飞行器在他逃离之前最后的日子里，盘旋在首都阿尔布开克上空。爆炸声、尖叫声，还有他正在考虑对策的将军们说出的冷静话语，都冲入他的耳中。

那些日子里，被征服者们发出的仇恨之浪涌向他的国家，如同暴风雨中的海浪撞击即将崩塌的悬崖边缘。在被摧毁的防线后方，你能感受到那仇恨和复仇的力量，它们如同有形之物，让空气变得浓重，呼吸变得困难，说话失去意义。

还有航天器，喷气式飞机，火箭。该死的火箭，它们一直在增多，每击落一架又会出现 10 架。火箭从天空中降下炸弹雨，地面上乱糟糟的，一片混乱，看不到一点希望。

然后，他意识到他一直能听到另外一个声音，每次都持续很长时间。尽管那个声音充满了仇恨和诅咒，却又对他所在星球上的人们表达了赞美，称赞他们意志坚定，团结一心。

那是他自己的声音。它击退了冲刷白色海岸的浪潮，阻止了浪潮对他的领地的侵蚀。它对着巴隆们尖叫，而巴隆们噤若寒蝉。有时，他会大笑，鹦鹉也跟着笑。有时，那些金星上奇形怪状的大树也会说话，但它们的声音更加轻柔。大树天性顺从，它们是绝佳的臣民。

有时候，他的脑海中会涌现出奇思怪想。那些大树，是纯粹的、永不交配的种族，永远巍然屹立。有一天，大树……

但那只是一个梦，一个幻想。更真实的是鹦鹉和基夫[9]。它们成了迫害他的凶手。有一只鹦鹉总是尖叫着"一切都完了"，他用针枪朝它射击了一百次，但它总是能逃走，且毫发无伤。有时它甚至都不屑于飞走。

---

9 | 基夫，一种类似昆虫的生物。

"一切都完了！"

最后，他也不再浪费针弹。他悄悄地追踪它，想要捉住它，然后直接掐断它的脖子。这样更解气。在大约第一千次尝试中，他抓住了它，将其杀死。他的手上沾满了温热的鲜血，羽毛四处飞舞着。

总该结束了吧？可是并没有。现在有一群鹦鹉尖叫着"一切都完了"。也许那儿一直有一群鹦鹉。现在，他只是向它们挥挥拳头，或者扔几块石头。

基夫似乎是地球蚂蚁的金星版，喜欢窃取他的食物。但那无关痛痒。食物很多。屋子里堆满了食物，原本是为一艘太空巡洋舰准备的补给，却从未使用过。在他打开罐头之前，基夫不会靠近它们，可是一旦他留下点什么，它们就会把剩下的全部吃光。但这不要紧，罐头食品有很多。而且丛林里还有新鲜水果。永远都有时令水果。这里没有四季，只有旱季和雨季。

但基夫对他有用。作为一种有形的、劣等的物种，它们让他产生憎恨情绪从而保持清醒。

哦，一开始并不是仇恨，只是有些烦恼。最初，他只是照常杀死它们。但它们不断涌来。基夫是杀不完的。无论是在储藏室，还是在他行动的任何地方，甚至是床上——他把盛着汽油的盘子垫在床腿下，但基夫仍然能够爬上来。也许基夫是从天花板上掉落下来的，尽管他从未亲眼见到过。

它们干扰着他的睡眠。即使他花了一个小时借着煤气灯的光把床单清理干净，他还是能感觉到它们在身上爬过。它们用蠕动的小脚爬行，让他无法入眠。

他开始憎恨它们，夜晚的痛苦让他的白天变得好受些，因为他有了一个越来越明确的目标——屠杀基夫。他耐心地跟踪一只搬运食物的基夫，找到它们的洞穴，然后在洞穴和周围的土壤中倒入汽油，幸灾乐祸地设想着它们在下面痛苦挣扎的情景。他四处寻找基夫，然后踩死它们。他可能杀死了数百万只基夫。

但依然有那么多的基夫。它们的数量似乎丝毫没有减少，就像火星人。不同于火星人的是，它们并不反抗。

但它们通过被动抵抗的方式来采取行动，利用自身强大的繁殖能力，不断孕育出数以十亿计的后代，以填补那些被杀死的百万之众的空缺。单个基夫当然很容易被杀死，而他从中获得了一种原始的满足感，但他也明白这只能带来愉悦感，是它们赋予了他生活的目标。有时候，他意识到这样做是徒劳无功的，愉悦感就会消失殆尽，于是他开始考虑采用机械化手段来消灭它们。

他仔细阅读微型图书馆中关于基夫的资料。它们与地球上的蚂蚁惊人地相似。这种相似性曾引发过人们对它们之间关系的猜测，但他对此不感兴趣。到底如何才能大规模消灭它们呢？每年之中，有一小段时间，它们显示出类似地球上军蚁的特点。它们倾巢而出，席卷一切，开始进行吞噬之旅。读到这里时，他舔了舔嘴唇。也许这就是绝佳的机会。毁灭，毁灭，毁灭吧！

史密斯先生几乎忘记了人类和太阳系，以及从前的一切。在这个新世界中，只有他和基夫。巴隆和鹦鹉不重要，因为它们没有秩序和体系，而基夫……

尽管对基夫心怀深深的憎恨，但他的内心却慢慢涌现出一丝勉强的敬佩。作为真正的极权主义者，基夫将他对更强大种族宣扬的信仰付诸实践，以一种超越人类理解的方式坚定地贯彻着极权主义的原则。

它们将个体完全置于国家之下，冷漠地展现出真正征服者的残酷本质，以及完美战士的无私和勇气。

然而，它们入侵了他的床、他的衣服和他的食物。

它们在他身上爬行，刺痒感令他无法忍受。

夜晚，他沿着海滩漫步。那是一个喧嚣的夜晚。在月光的照射下，喷气式飞行器高高地掠过，发出刺耳的声音，将黑色的海水映照出斑驳的阴影。飞机、火箭、喷气式飞行器曾在他的城市肆虐，扭曲了铁路，并向他们的重要工厂投掷氢弹……

他朝着它们挥动拳头，对着天空尖声诅咒。

当他停止吼叫时，海滩上却已人声鼎沸。耳边传来康拉德的声音，跟那天他走进宫殿时说的一模一样。他脸色苍白，甚至忘记了敬礼。"一号，丹佛被攻破了！多伦多和蒙特利尔有危险。在另一个半球……"他的声音戛然而止，"该死的火星人和月球的叛徒正在向阿根廷前进。还有人已在新彼得罗巴德降落。一切都完了！"

众人一起呐喊："一号万岁！一号万岁！"

一片歇斯底里的呼喊："一号万岁！一号……"

有一个声音，比其他声音都要响亮、高亢、狂乱。他记得自己的声音，冷静而鼓舞人心，就像回放自己演讲时听到的声音一样。

孩子们的声音回荡着："向你致敬，一号……"他记不清后面的词，但那些词是如此美丽。那还是在新洛杉矶的公立学校聚会上。多么奇怪，此时此地，他竟然回忆起了自己的声音、语调，以及孩子们惊奇的目光。虽然只是孩子，但他们愿意为他战斗和献身，坚信只有一个适合的领导者才能拯救人类于灾难之中。

"一切都完了！"

突然间，一架巨大的喷气式飞行器急速俯冲下来，他清楚地意识到自己成了显眼的目标。伫立在洁白月光照亮的海滩上，他们肯定能看到他。

他全力狂奔，寻找丛林的庇护，恐惧使他泪流满面。他钻入高大树木的阴影下，进入黑暗之中。

他绊倒了，然后站起来继续狂奔。此刻，他的眼睛能够看到微弱的月光从树枝间透射而下。那里有响动，树枝间有声音。那是夜晚才有的声音，因痛苦而发出的低语和尖叫。是的，他曾向它们展示过痛苦，现在它们受折磨的声音与他一同穿越林间过膝深、被夜雨打湿的草地。

夜晚弥漫着可怕的噪声。红色的噪声，一种近在咫尺的喧嚣声，他几乎能触摸到它的存在，看到它的存在，听到它的存在。片刻之后，他开始急促喘息，有一种重击声响起，那是他心脏的脉动，也是夜晚的脉动。

然后，他再也无法奔跑，紧紧抱住一棵树以免跌倒，颤抖的双臂紧贴在坚硬而粗糙的树皮上。没有风，树木却左右摇摆，他的身体也跟着摇摆。

突然间，就像开关被按下，噪声消失了。万籁俱寂。他攒够了力气，放开大树，重新站直身子，四处环顾，寻找方向。

一棵棵树看起来相似无异，他一度认为只能等到黎明时才能离开此处。然而，他忽然想起海浪声能为他指引方向。他竭力倾听，隐隐约约地捕捉到微弱而遥远的涛声。

还有另一种声音——他从未听过——也隐约传来，似乎来自右侧不远的地方。

他朝着那个方向望去，树林中间露出一片开阔的空地。月光下，尽管没有风，小草却奇异地摇曳着。突然间，草地到了尽头，小草迅速减少，很快变成了荒芜的光秃秃的地面。

而那个声音——海浪般的声音，却持续不断。更像是干树叶的沙沙声，但那里并没有干树叶。

史密斯先生朝着声音传来的方向迈出一步，低头凝视。就在他注视的瞬间，越来越多的小草弯曲、倒伏，甚至消失不见。在被吞噬的草地边缘，是一片由基夫大军形成的褐色地面。

一支几十亿之众的基夫大军，一排排整齐划一地行进着，摧枯拉朽地穿越黑夜，吞噬了前方的一切。

他睁大眼睛，着迷地凝视着它们。它们前进的速度不快，因而并不具备危险性。他退后一步，与它们的前锋部队保持着安全距离。听，那是咀嚼食物的声音。

他可以看到队伍的一侧，它们整齐有序地行进着。外围的基夫比中间的体形更大，可见它们有着严格的纪律。

他再次退了一步——突然间，他感到身体上有几处突然起火，并不断蔓延。那是先头部队，走在啃食草地的队伍的前面。

因为爬满了基夫，他的靴子已然变成棕色了。

他痛苦地尖叫着，迅速转身逃开，同时用手拍打着身上火辣辣的部位。他猛地撞上一棵树，脸上严重擦伤。热辣火焰给他造成巨大的痛苦，夜晚似乎也染上了一抹鲜红的色彩。

然而，他趔趄着继续前进，几乎毫无目的地奔跑，扭动着身体，一边奔跑一边撕碎衣物。

这是痛苦的滋味。耳中充斥着尖叫声，居然是他自己的声音。

当他无法继续奔跑时，他就爬着前进。此刻，他已经全身赤裸，剩下的几只基夫仍趴在他身上不肯离去。刚刚的疯狂逃窜让他远离了基夫大军的行军路线。

然而，强烈的恐惧和难以忍受的痛苦记忆驱使着他。他的膝盖已经磨破，无法再爬行。然而，他依然颤抖着站起来，摇摆着前行。他抓住一棵树，在推开它的同时寻找下一个支撑点。

摔倒，站起，再次摔倒。喉咙因愤怒而发出痛苦的咆哮。灌木丛和粗糙的树皮割裂了他的肌肤。

在天亮之前，一个裸体的地球人摇摇晃晃地闯入村庄。他神情木然，向四处看了看，似乎什么也看不见，什么也不明白。

一见到他，雌性和幼崽们惊慌地四散逃离，甚至雄性也纷纷退后。

他站在那里摇晃着身体，原住民们疑惑地瞪大眼睛观察着他的身体状况，以及他眼中的茫然。

看到他没有敌意，他们才靠近一些。这些金星人在他周围围成一个奇异而喧闹的圈子。有人匆匆跑去请来酋长和他的儿子，因为这两人被视为无所不知的人。

那个赤裸的疯子张开嘴，仿佛有话要说，但最终倒在了地上。他倒下了，如同一具尸体轰然倒地。然而，当他们把他翻过身来时，看到他的胸膛还在艰难地起伏着，显然还有呼吸。

于是，年迈的酋长阿尔瓦和他的儿子纳拉纳走近他。阿尔瓦很兴奋，迅速下达了指令。两人抬起史密斯先生，将他放进酋长的小屋，酋长的妻子和酋长儿子的妻子继续照料着他，为他涂抹舒缓和治疗疼痛的药膏。

但一连数个日夜，他一直躺着，一动不动，不开口说话，也不睁眼。他们都不确定他是否还活着。

后来，他缓缓睁开了眼睛，并且开口说话了，但是众人听不懂他说的是什么。

纳拉纳走到他身边倾听着，因为地球人的语言他讲得最好，懂得最多。这是因为曾经有一位地球传教士与他们一同生活了一段时间，他成为那位传教士的门徒。

纳拉纳静静地听着，但随后摇了摇头。"他说的这些词语，"他说，"确实是地球人的语言，但我一点也听不懂。他的思维有些异常。"

年长的阿尔瓦说："哎呀，那就继续陪伴在他身旁吧。也许当他身体恢复后，他的言语会像我们的教父所说的那样美好，能够教导我们关于神灵和善良之道。"

于是他们继续细心照料着他。他的伤口逐渐愈合。直到有一天，他睁开眼睛，看到纳拉纳坐在他旁边。纳拉纳长着一张帅气的蓝色面孔，他关切地轻声问道："尊敬的地球人先生，您感觉好些了吗？"

他没有回答。躺在床上的地球人双眼深陷，愤怒地盯着纳拉纳。透过那双眼睛，纳拉纳能够察觉出他的神志还没有完全恢复正常，但其中的疯狂已经与之前不同。纳拉纳虽然不了解谵妄和偏执狂，但他清楚两者之间的差异。

地球人不再是个说胡话的疯子。但纳拉纳犯了一个非常常见的错误，一个比他们更文明的人类经常犯的错误。他错误地认为偏执狂是普通癫狂症好转的迹象。他继续讲着，期望地球人也能开口说话，然而他并未意识到沉默所隐含的危险。

他说："我们欢迎您，地球人，希望您与我们共同生活，就像我们的教父格哈特先生一样。他教导我们崇拜至上真神。他教会我们祈祷，教我们要爱我们的敌人。"

这时，纳拉纳悲伤地摇了摇头，"但是我们部落中的许多人又重新皈依了古老而残酷的神灵。他们说外来者之间发生了巨大的冲突，整个金星上已无人幸存。我父亲阿尔瓦和我都对您的到来感到荣幸。您有能力帮助那些皈依旧信仰的人。您可以教导我们友爱和善良。"

独裁者闭上了眼睛。纳拉纳不知道他是否在睡觉，但他静静地站起身离开了小屋。在门口，他转身说："我们会为您祈祷。"

然后，他欢欣地跑出村庄去寻找其他人。他们正在采集贝拉莓，准备为庆祝第四件大事而举行盛大的宴会。

当他和其中一些人一起回到村庄时，地球人已经不见了。小屋内空无一人。

最终，在村庄外围，他们找到了他离开时留下的蛛丝马迹。他们沿着痕迹追踪，一直走到一条小溪旁。他们顺着溪流，来到了一汪碧绿的水塘前，无法继续前行了。

"他顺着水流向下游走了。"阿尔瓦庄重地说道，"他去追寻大海和沙滩了。他的意识是清醒的，因为他理解所有的河流都将流入大海之中。"

"也许他在沙滩上有一艘来自天空的船，"纳拉纳焦急地说道，"所有地球人都起源于天空。教父告诉过我们这一点。"

"也许他会回到我们身边的。"阿尔瓦说道，他那双老眼中充满了迷茫。

事实上，史密斯先生确实回来了，而且比他们所希望的要快。实际上，他只需将东西搬进小屋，然后迅速返回。他回来时穿着与其他白人截然不同的服装。闪亮的皮靴、银河护卫队的制服，还有宽大的皮革腰带，腰带上挂着枪套。

黄昏时分，他手中握着针枪，大步走进了村子。

他说："我是一号，太阳系的领主，也是你们的统治者。你们中间谁是首领？"

阿尔瓦当时在自己的小屋里，听到这些话后走了出来。他听得懂这些词，但不理解其中的意义。他说："地球人，欢迎你回来。我是首领。"

"你过去是首领，现在你将为我服务。我才是首领。"

阿尔瓦的眼中充满了困惑，觉得这件事有些匪夷所思。他说："是啊，我会为你服务，我们也都愿意为你服务。可是，让一个地球人当我们的首领……"

"嗖！"针枪声响起。阿尔瓦布满皱纹的手紧紧按住颈部，紧靠颈部的中央位置有一个针戳后留下的小孔。一条极细的红线在他深蓝色的皮肤上蔓延开来。毒针进入他的身体，他双腿一软倒在地上。其他人见状，向他冲了过去。

"退后！"史密斯先生说道，"等他慢慢死去，你们很快就能看到发生了什么。"

然而，首领的一个妻子，因为听不懂地球人的语言，已经托起了阿尔瓦的头。针枪声再次响起，她倒在了首领身上。

"我是一号，"史密斯先生说道，"所有星球的主人。任何反抗我的人都会死于……"

突然间，他们全部冲向他。他轻扣扳机，4人立即丧生。很快，他们用血肉之躯将他压倒，淹没。纳拉纳冲在最前面，因此也死了。

其他人将地球人绑起来，扔进了小屋。然后，女人们开始为死者哀悼，男人们则去开会。

卡拉纳被推选为首领，他站在他们面前说："我们的教父格哈特先生欺骗了我们。"他的声音中带着一丝畏惧和忧虑，蓝色的脸庞上露出不安的神情，"如果他真是教父所说的主人……"

"他并不是神，"另一个人说道，"他只是一个地球人，在金星上曾有许多类似的人，他们在很久很久以前从天际降临，如今他们都已经死去，是在他们内部的战斗中殒命的。也罢，这个人也算他们其中之一，只不过他已经疯了。"

究竟应该怎么办？他们讨论良久也没有答案。黄昏逐渐转为黑夜。火光映照在他们身上，也映照着等在一边的鼓手。

这个问题非常棘手。伤害一个疯子是禁忌。如果他真的是神，后果会更加严重，天空中的雷电会摧毁整个村子。然而他们又不敢释放他。即使他们埋掉了那把"嗖"的一声就能致人死亡的邪恶武器，他可能也会找到别的方法来伤害他们。没准儿他在以前去过的地方还留了一把这样的武器呢。

是啊，对他们来说，这真是一个难题。这时，年纪最大、最睿智的姆甘，给出了最终答案。

"哦，卡拉纳，"他说道，"让我们将他交给基夫吧。如果它们伤害了他……"年迈的姆甘露出了笑容，他的牙齿都掉光了，脸上毫无欢喜的表情，"那就是它们作的恶，与我们无关。"

卡拉纳颤抖了一下。"那是最可怕的死法。但如果他真的是个神……"

"如果他是神，基夫就不会伤害他。如果他只是个疯子不是神，伤害他的也不是我们。把人绑在树上并不算是伤害。"

卡拉纳沉吟许久。他忘不了阿尔瓦和纳拉纳的死。

他说："好吧。"

等待的鼓手开始敲打着结束仪式的鼓点，那些敏捷的小伙子们在火堆中点燃火把，朝森林进发，去寻找仍在行军中的基夫。

很快，他们找到了目标，然后返回。

他们将那个地球人带了出来，然后将他绑在一棵树上。他们把他留下，同时把他的嘴巴塞得紧紧的，他们可不希望听到基夫到来时他发出的尖叫声。

口里塞的布料也会被基夫吃掉，但到那时，他的肉体应该已经不在了，所以无法发出尖叫声。

他们走了，回到了村子。鼓声响起，为他们所做之事向众神祈求宽恕。因为他们明白，他们虽然只触碰了禁忌的边缘，但仍然是巨大的冒犯，他们不希望因此受到惩罚。

鼓声将彻夜不停。

被绑在树上的男人挣扎着试图挣脱束缚，但绳子非常结实，挣扎反而让绳结变得更紧。

他的眼睛逐渐适应了黑暗。

他想大声呼喊："我是一号，我是……"

然而，他无法发出声音，也无法挣脱束缚。他在疯狂中忽然恢复了一丝理智，记起了自己是谁。所有的仇恨和痛苦涌上心头。

他也想起了村子里发生的事情，很疑惑金星原住民为什么没有杀了他，而是将他绑在这黑暗的丛林中。

远处传来"咚咚"的鼓声，犹如夜晚的心脏在跳动。周围还有更响、更近的声音，就像他耳中的脉搏一般。他万分惊恐。

他突然明白了他们将他绑在这里的原因。他感受着极度的、莫名的恐惧，这是他生命中最后一次——有一支军队向他冲来。

他慢慢品味着那种极度的恐惧。他非常肯定，即将到来的军队中，一些士兵会爬进他的耳朵和鼻子，另一些则会咬食他的眼皮直达后面的眼睛。

然后，只有在那一刻，他听到了类似于干树叶沙沙作响的声音，而这个潮湿黑暗的丛林里根本没有干树叶，也没有微风拂动它们。

恐怖的是，最后的独裁者一号，并没有再次发疯。其实也不能完全这么说，因为他大笑了起来，一直笑个不停……

礼貌

　　雷恩斯·亨德里克斯是第三支金星探险队中的外星心理学专家，他疲惫地徘徊在炎热的沙漠中，试图寻找到一个金星人，并与之交朋友。这是他第 5 次尝试，不出意外又是一个令人沮丧的任务。失败了 4 次，他不敢再抱有幻想。前几次金星探险队的专家们也未能成功。

　　并不是说金星人很难找到，而是他们似乎根本不关心我们，没有丝毫意愿与我们交朋友。金星人不善社交，实在有些异乎寻常，因为他们能说我们的语言。他们拥有读心术，能够理解任何地球语言，并以同样的语言予以回答，只是态度不大友好。

　　一个金星人拿着一把铁锹走了过来。

　　"你好，金星人！"亨德里克斯愉快地打着招呼。

　　"再见，地球人！"金星人说着，从他身边走过。

　　亨德里克斯又羞又恼。他小跑着跟在金星人身后，金星人的步子很大，他必须跑着才能跟上。"嘿！"他说，"你为什么不和我们说话？"

"我在和你说话啊，"金星人说道，"可我并不喜欢和你说话。请便吧。"

金星人停下来开始挖科尔威尔蛋，再也不理会他。亨德里克斯瞪着他，毫无办法。无论碰到哪个金星人，他们总是用相同的方式回应自己。外星心理学教科书中的所有方法都失效了。

脚下的沙子炽热难耐。空气中弥漫着一丝甲醛气味，虽不至于让他窒息，却不断刺激着他的肺部。他失去了耐心，决定放弃了。

"干你自己吧！"他喊道。当然，对于一个地球人来说，这在生物学上是不可能的。

但金星人是双性的。金星人兴奋地转过身来，惊讶地看着他。这是第一次有地球人用不算极端粗鲁的话问候他。

他睁大一双蓝色的眼睛，以微笑回应着亨德里克斯的恭维。然后，金星人放下铁锹，坐到旁边跟他交谈。从此，地球人和金星人之间开始了友好交往和相互理解的历史。

无稽之谈

韦瑟瓦克斯先生仔细地给吐司抹着黄油。他用不容置疑的口吻说:"亲爱的,我希望你明白,我们家里不允许出现这种垃圾读物。"

"我明白,杰森。但我原来不知道……"

"你当然不知道。可是,你有责任了解我们的儿子在读什么。"

"杰森,我会更加留意的。我没有看到他带杂志进来,所以我不知道家里有这本杂志。"

"要不是昨晚回来后不小心撞到沙发上的一个枕头,我也不会发现杂志就藏在枕头下面。当然,我浏览了一下。"

韦瑟瓦克斯先生气得胡子乱颤,愤慨地说道:"都是些荒谬绝伦的概念、不着边际的疯狂想法!还有让人惊掉下巴的故事!"

他啜了一口咖啡,努力让自己平静下来。

他说道:"真是些疯狂、荒诞不经的无稽之谈!通过扭曲空间来穿越其他星系,他们也真敢想!什么时间机器、传送和念力！一派胡言，完全是一派胡言啊！"

对此，妻子用略带不满的语气说道："亲爱的杰森，我向你保证，我会加倍关注杰拉德的阅读内容。我完全同意你的说法。"

"亲爱的，谢谢你！"韦瑟瓦克斯先生的语气温和了一些，"年轻人的心灵不应该被这种疯狂的幻想毒害。"

他看了一眼手表，匆忙站起身，吻了吻妻子，走出门去。

他来到公寓门外，步入反重力电梯，缓缓地下降了两百多层楼后，轻轻地飘向地面。很幸运，他立刻搭上了一辆核能的士。"去月港。"他对机器人司机吩咐道，然后舒适地坐下，闭上眼睛，开始收听心灵广播。他希望听听有关第四次火星战争的新闻，但广播的又是永寿中心的例行公告。他只能不满地嘟囔了一句。

残年

他忍着饥饿，在茫茫的森林中徘徊了数日，最后穿过矮灌木和贫瘠的沙漠平原，来到了绿草如茵的小溪边，小溪滚滚向前，汇入浩渺的大河。他始终饥肠辘辘。

对他而言，情况似乎永远如此。

尽管偶有所得，可那些东西总是那么微不足道，不过是一些有蹄类、三趾的小动物。如此小的食物，只能聊以慰藉他那巨大的食欲。

可是，这些小东西，它们的行动又是如此敏捷。他发现了它们，他的大嘴汩汩地流着口水，然后开始地动山摇地去追逐它们。但这些小东西，毛茸茸的，闪电般疾速穿梭于林间。为了捕获它们，他发疯般地把路上的小树撞倒，可每当他赶到时，它们总是消失得无影无踪。

那些小细腿比他强壮有力的四肢快多了。虽然他每迈一步就抵得上它们跑50多步，但他每迈动一步，那些小细腿就已经跑了100步。即便在没有树木干扰的开阔地带，他也无法追上它们。

长达一个世纪的饥饿。

他是霸王龙，恐龙之王，是地球上曾经演化出的最强大、最凶猛的战斗机器，能够击杀任何敢与他对抗的生物。然而，没有谁敢与他对抗，它们都在逃跑。

那些小东西，它们在奔逃，有些甚至还会飞翔，还有些会攀爬树木，速度跟他在地面奔跑时不相上下。它们会逃到一棵高大的树上，远远超过了25英尺的攻击范围，而树木粗壮，他无法撼动分毫。它们挂在树梢上，距他的血盆大口仅有10英尺。他饥肠辘辘，却无计可施，只能愤怒地咆哮着，而它们则朝他叽叽喳喳地叫着。

饥饿感，挥之不去。

近百年来，食物一直不够充足。作为仅存的一只霸王龙，再也没有其他生物敢与他对抗，也没有什么生物被杀死后可以填饱他的肚子。

终日与极度的饥饿相伴，他的身体日渐干枯，皮肤呈暗灰色，松松垮垮，布满皱纹。

他的记忆力也下降了，只依稀记得过去并非如此。他年轻时，曾与那些反抗者展开殊死搏斗。其实，那时它们已极少露面，但运气好时，他仍能碰上一只，将之杀死之后可以大快朵颐一番。

有一种庞然大物，全身硬甲，背上是一排尖刺，擅长通过碾压把对手切成两半。另外一种家伙，体形巨大，脖子粗壮，头上长有三颗朝前的巨大尖角。它们以前是四足行走，或者说在遇到他之前是四足行走。遇到他之后，就停下了脚步。

也有一些家伙与他极其相似，有些甚至比他还要大上许多，但他能轻而易举地将它们杀死。体形最大的那些家伙，头小，嘴巴也小，吃树叶和地上的植物。

的确，那个时候，地球上有巨大生物存在，虽然数量不多，但它们是令人心满意足的盛宴。他可以杀死它们，把肚子吃得饱饱的，然后一连沉睡数日。睡醒之后，如果那些长有尖尖长牙和皮翼的讨厌家伙在他睡觉时没有把巨大的盛宴全吃光，他甚至还可以再吃一顿。

即使它们把盛宴吃得干干净净，也没关系。他会继续前进，饿了的话就再杀一只。如果没饿，也可以杀一只，就为了享受纯粹的战斗和杀戮的快感。无论碰到的是长角的、带甲的，还是怪兽般的，无论它们是行走的还是爬行的，他会把它们统统杀死，一个不留。他皮肤粗糙，身体两侧和腹部布满了很久之前战斗时留下的伤痕。

那时有巨大生物存在，现在只剩下一些小东西。它们善于奔跑、飞行和攀爬，但并不愿意与他战斗。

有些小东西跑得飞快，甚至会在他身边绕圈子。而他那弯曲、锐利、6英寸长的锯齿状牙齿能够一口咬碎其中一只毛茸茸的小东西，然后温热的鲜血就从他颈部鳞片状的皮肤上滴落下来。但这样的机会并不多，因为它们几乎总是超出他的攻击范围。

他偶尔捕获的这样一些小东西，是无法满足霸王龙的超大胃口的。如今，他成为一个没有领地的国王。

那可怕的饥饿感，一刻不停地灼烧着他。饥饿驱使着他，无休无止。如今，饥饿驱使着他脚步沉重地越过森林，穿过羊肠小道，踏过茂密的灌木丛和小树林，犹如在平坦的草地上漫步一般。

在他的前方，永远有着小东西的喧嚣声和奔跑的脚步声，要么是蹄子快速拍击地面的嗒嗒声，要么是柔软脚掌发出的沙沙声。

始新世的森林里充满了勃勃生机。但是那些生命，它们体形小巧，行动敏捷，能轻松逃脱暴君的魔爪。

这些动物并不会正面迎战，不会像两只怪兽展开激烈的搏斗那样，发出震撼大地的吼叫声——鲜血与唾液混合着从它们的下巴滚落。它们采用的是迂回战术，决不愿跟他正面交锋导致丢掉性命。

就连那些蒸腾着雾气的沼泽也是如此。那里有些滑溜的东西，在泥水中扭动，它们同样迅捷敏锐。它们如闪电般游动，滑进空心的朽木里。可当你凿开朽木后，它们早已消失无踪。

天色渐暗，他感到无比虚弱，几乎每迈出一步，都感到钻心的疼痛。他忍饥挨饿了一百年，但这是最糟糕的时刻。然而，虚弱并不会让他停下来。有种力量暗自驱使着他继续前行，即使每一步都艰难无比，他仍坚持向前。

在一棵大树的高处，有一样东西紧抓着树枝，单调地叫着："呀！呀！呀！"仿佛在嘲笑他。从高处落下一根断裂的树枝，重重地砸在他身上，却在接触到他坚固的皮肤时弹开。他毫发无损。亵渎王权啊！霎时，他心生希望，以为有东西要与他战斗。

他迅速转身，一口咬住击中他的树枝，把树枝撕得粉碎。然后，他竖起身子，对着参天大树上的那个小东西发出示威似的咆哮。然而，它不肯下来，它只是"呀！呀！呀！"地叫着，战战兢兢地缩在树上。

他用尽全力撞向树干，但大树有5英尺粗，他无法撼动一丝一毫。他绕树两圈，发出困兽的怒吼。天色渐暗，他只好踽踽而行。

前方小树上，有一只灰色的小东西，好似绒球。他一口咬向小树，将其整个吞入口中，而小东西却在瞬间逃走了。他只看到它跳到地面时留下一道模糊的灰色影子，他刚准备上前，影子就消失在了夜色之中。

天色越来越暗，在树林中，几乎看不清东西。于是他走出树林，来到了洒满月光的平原，视线清楚了许多。他仍然被驱使着继续前行。他的左侧有一个灵动的小东西，坐在一块贫瘠的土地上。他转身向那边跑去。可是他刚刚靠近，小东西就动了，然后，就像闪电一般迅速地躲进一个洞里，消失不见了。他的脚步慢了下来，肌肉的反应也迟缓了。

黎明时分，他来到了一条小溪边。

他好不容易才来到这里，但终于还是到了。他低下那巨大的头，大口畅饮起来。胃里生出一阵痛楚袭上心头，瞬间达到高潮，然后逐渐变得麻木了起来。他又喝了一些水。

慢慢地，重重地，他趴倒在泥泞的土地上。他没有跌倒，但他的腿脚越发无力。他躺着时，太阳升起来了，映照着他的眼睛，可他无法动弹。胃里的疼痛现在蔓延到了全身，但已经变得麻木，更像是一种疲软的隐痛，而不是剧烈的痛苦。

太阳挂在头顶上，又慢慢落下。

他的视线变得模糊，会飞的东西在头顶上盘旋。它们慢悠悠又小心地在空中画着圈子。它们是食物，但它们不肯下来与他战斗。

天色特别暗时，另一些东西出现了。周围有一圈眼睛闪烁着，离地两英尺高，不时发出兴奋的嗥叫。都是些小东西罢了，只配当食物。若是敢战斗，他会一口吞了它们。都是些不敢正面迎战的货色。

一圈的眼睛。还有月光下振动的翅膀。

周围都是食物。但只要一看到他或听到他的声音，食物总会用闪电般的速度瞬间逃离。而且，它们的眼睛和耳朵一直非常敏锐，决不会看不到或听不到他。那些只会逃跑不敢战斗的小东西啊！

他的脑袋就枕在水边。黎明时分，当红日再次落在他的眼睛上时，他奋力把自己庞大的身躯向前挪动了一英尺——他又能喝水了。他深深地喝了口水，紧接着他的身体一阵抽搐，然后他的头埋在了水中，一动不动。

头顶上方，有翼类动物缓缓地盘旋下降。

六脚泥龟

在金星永恒的浓雾和细雨中独自漫游了数小时后，终于又见到了基地营房，这是多么美妙的时刻。你永远只能看到几码远的地方，但也不打紧，因为在金星上并没有什么值得一看的景色。

我们的探险队驻扎在金星上。我之所以加入埃弗顿动物学探险队纯粹是因为迪克西·埃弗顿的关系。她的父亲是探险队队长埃弗顿博士，也是位于新阿尔布开克地区的外星动物园的负责人。我自己承担了所有费用，因为埃弗顿博士并不认为我会对这个队伍有太大的贡献。更糟糕的是，他也不认为我适合做他女儿的丈夫。就这一点而言，我坚决不赞同他的看法。

在这次小规模的探险中，我必须以某种方式证明，我并不是他想的那样没用。也许这听起来有些老套，却也是无奈之举。考虑到我一直以来的倒霉运气，说服他把女儿嫁给我的概率，也许跟水星上朝着太阳那侧的冰棍不化差不多。

我对这次探险并没有太大兴趣。我从来没有觉得把动物关在笼子里供人观赏有多么伟大。金星上的动物本就少得可怜，目前已经有两个物种灭绝了。一是美丽的金星白鹭，因为 19 世纪风格的帽子再次流行，人们需要它们的羽毛来进行装饰；另一个是金星火鸽，它们的肉质极其鲜美，所以被用来满足富豪们对美味的需求。

当迪克西听到我回到营地的消息时，漂亮的她从帐篷门的帘子里探出头来向我微笑。我感到相当欣慰。她问道："罗德，有收获吗？"

我回答说："只有这个了。你觉得这个东西如何？"我打开了一个用青苔垫衬的箱子，里面装着我捕获的唯一一只动物——如果它算得上动物的话。它长着鱼一样的鳃和 8 条腿，头上有像公鸡冠一样的东西，但更大，并且身上还长着蓝色的毛。

迪克西仔细观察着说："这是一只微诺兽，罗德。我们的动物园里已经有两只了，所以并不是新物种。"她肯定看到了我脸上的失望，于是迅速补充说，"但这是个好标本，罗德。暂时不要放了它，等爸爸有时间后也许想要研究一下。"

这就是迪克西。

埃弗顿博士走出主帐篷，不悦地看着我说："你好，斯宾瑟。我现在要关闭信号了。克兰也回来了。"

他走过去关闭了那个类似无线电的装置，它发出的定向点击信号帮助我和克兰重新回到了营地。在金星上，如果没有这个发射器和一部配对的便携式接收机，离开营地几十码后你就会彻底迷失方向。

我问道："克兰捕到了什么？"

埃弗顿博士说："不是标本，而是一种非常值得品尝的食物。他捕到了一只沼泽鸡，正在给我们烹制呢。"

迪克西说："他不让我碰，还说女人不会做饭。应该差不多了，他已经忙乎了一个小时。饿了吧，罗德？"

"我饿得都快想吃这个了。"我看着手里的那只小东西对她说。迪克西笑了笑，从我手上接过那只微诺兽放进了一个储藏盒里。

我们一起走进主帐篷。沼泽鸡已经烹饪好了，克兰自豪地上着菜。他的手艺非常棒，难怪他骄傲。一只精心烹制的金星沼泽鸡，比炸鸡美味多了——就如同炸鸡比清炖秃鹫更加美味一样。它的味道出类拔萃，世上罕有，甚至超越了任何一个世界上的美味。

而且它有4条腿，不是两条，所以我们每人都能分到一只鸡腿。

我们吃着鸡肉，都没怎么说话。喝咖啡时，迪克西对我说了一些我完全没听懂的话——反正就是乌龟啊什么的。

"嗯？"我疑惑地问道，"什么乌龟？"

迪克西看着我，似乎在确认我是不是在开玩笑，然后她看了看她父亲，又看了看约翰·克兰，随后尴尬地陷入了沉默。

我皱起眉头，问发生了什么。

克兰叹了口气，说："一只金星泥龟，罗德。它是这次探险的首要目标。显然你今早找到了一只。"

"我不知道你在说什么，"我耐心地说，"我不仅没找到，甚至从来没听说过。开什么玩笑？"

埃弗顿博士悲哀地摇了摇头，"斯宾瑟，你发誓说知道如何捕捉，我们才让你参加的这次探险。"

"我说过吗？"我恳切地看着迪克西，"这是个戏耍我的阴谋，还是怎么回事？"

迪克西低头看着自己的盘子，不太开心。

埃弗顿博士说："没错，我确定你找到了一只这种乌龟，或者说离它很近。听我解释。

"你看，斯宾瑟，很多生物都拥有令人惊奇的自卫机制来对抗敌人。有些昆虫通过伪装成树枝得以幸存，有些无毒蛇却长着致命毒蛇的花纹，有些小鱼能够让身体鼓胀起来无法被吞下，变色龙……"

我打断了他，"我承认有自卫机制，埃弗顿博士。可与我们正在讨论的事情有何关联？"

他晃了晃手指。"好吧，既然你承认存在自卫机制，那我们来讨论一下金星泥龟的特殊自卫机制。和金星上的其他生物一样，金星泥龟具备一定的心灵感应能力。然而，它的与众不同之处在于能够影响其他生物的感应能力。当任何生物接近金星泥龟一定范围时，金星泥龟就能够使它们暂时性地忘记与金星泥龟有关的一切信息。

"换句话说，如果有人出去捕捉金星泥龟并最终找到了它，他不仅会忘记自己正在寻找它，还会忘记自己曾经看见或听说过它！"

我惊讶地张大了嘴巴，说："你的意思是，我刚才在外面追捕一只……"

"没错。"埃弗顿博士得意地说。

我看着迪克西，刚好她也看向我。她说："没错，罗德。捕捉这样一只乌龟是这次探险的主要目的。而允许你加入的部分原因是你声称知道如何捕到它。"

"我这么说过吗？"

"等一下，罗德，我给你看证据。我知道你很难相信，因为你已经忘了。"她离开帐篷片刻后，回来时手里拿着一封信。她将信递给了我，我看出那是我的笔迹。我开始阅读，然后我的耳朵开始发烫。

我将信还给迪克西，接着大家陷入了沉默。

最后，我打破沉默，问道："我甚至没给你们任何暗示，我如何能够在智商方面碾压一只泥龟吗？"

埃弗顿博士摊开双手说："你不愿告诉我们。"

"这种遗忘会持续多久呢？是永久的吗？"

"不，几个小时后会自动恢复。大概五六个小时。但是，如果你之后再次遇到另一只泥龟，又会发生同样的事。"

我思考了一下，但没有任何头绪。突然，我想到了一件事，于是问道："如果每个看到它的人都会忘记，那我们怎么知道它是真实存在的呢？"

"探险者们拍摄了几张它的照片，但是他们在照片冲印出来数小时后才记起自己拍摄了这些照片。它的外貌很像地球上的乌龟，但是它有 6 条腿而不是 4 条，形状是圆的而非椭圆。你曾经仔细研究过它的照片。"

克兰从桌子旁站起来，从小型便携式写字台的一角取出了几张照片。"这就是你苦苦追寻的目标，罗德。"他的眼中闪过一丝狡黠。

我盯着照片，仍然觉得难以置信。"它们真可爱，"我嘟囔道，"大眼睛，看起来有些忧郁。"

"在金星上，它们相当罕见，"克兰告诉我，"这个二三十平方英里的区域是唯一发现过它们的地方。"

"没错，确实罕见。"埃弗顿博士咕哝道，"按照目前的情况看，我们在获得标本之前，它们可能已经灭绝了。"

听到他的话，我感到非常难过。"你是说……"

克兰耸了耸肩。"一些人尝试捕捉泥龟，采取的手段给它们带来了灭顶之灾。一个生物学探险队使用了毒气，企图杀死几只泥龟，这样至少能得到一些标本。然而，显而易见的是，泥龟们死前深深地钻入了泥土之中。另一个探险队使用了麻醉剂，奢望能够迷倒一些泥龟。不过，他们……"

埃弗顿博士插话道："无论怎样，如果这次探险失败了，很可能就是最后一次了。捕捉泥龟的行动的代价实在太大。"

我用手揉了揉脸，仿佛经历了 6 天狂欢后的宿醉。要不是那封我亲笔写的信，我或许会怀疑他们串通好了有意捕弄我。

我懊恼地说："不管我当初怎么想的，肯定是错了。我已经遭遇到敌人，而且我成了它的俘虏。请原谅我……"

"罗德，你打算怎么做？"迪克西问道。

"我想静一静，好好考虑一下。"我转向埃弗顿博士说，"除非你需要我做什么。"

"不需要，去吧，斯宾瑟。我们要出去打猎了，也许这是我们离开前的最后一次。但是……"他虽然没有明确表示我对捕猎行动帮助不大，但意思很明显。我并不怪他。

回到自己的帐篷后——我们4个人每人都有一个小帐篷，就在大帐篷旁边——我坐在床上，努力回忆有关泥龟的任何信息，但除了他们刚刚告诉我的以外，我一无所知。

当初我想到的主意是什么呢？哼，不管是什么，肯定不是个好主意。我感觉快把自己的头发拔光了。

帐篷门口传来一声咳嗽。"我可以进来吗？"是埃弗顿博士的声音。

"当然可以。"我说道。

他走了进来，我示意他坐下，但他摇了摇头，说："抱歉，斯宾瑟，我必须提醒你。虽然你现在有点沮丧，但如果我不说，对我是不公平的。而且，你显然已经忘记了有关泥龟的一切信息。"

我抬头看着他，不明白他葫芦里卖的什么药。

他说："你忘记我们的约定了吗？"

我摇了摇头。

"很简单。我跟你约定过，如果你说的事能做到，我就不反对你和迪克西结婚。同样，你也同意，如果你没能做到……"

"哦，不！"

"斯宾瑟，你当时同意了。你对自己相当自信，似乎不需要任何运气成分就能完成约定。且你确实答应过，如果失败，你会接受我的裁决，并不再继续和迪克西见面。"

我觉得自己不可能说出那样的话——可我知道埃弗顿博士是个诚实的人，我不得不相信他。

他说："很抱歉我不得不提醒你。实话告诉你，就个人而言，我开始有点喜欢你了。但我仍然觉得你不适合做我女儿的丈夫。她是个聪明的女孩，她应该找个……呃……"

"比泥龟聪明的人。"我沮丧地补充说。

他说："这个……"然后试图说点暖心的话来安慰我，但没什么效果。过了一会儿，他离开了，我就这么坐在那里。

我一直坐在那儿没动。

我明白，如果我和埃弗顿博士达成了那样一笔交易，那肯定是因为我有一个非常有把握的主意。但是这个主意到底是什么呢？如果连我自己都记不起来，那它还有什么意义呢？或许当时我特别精明，对所有人都守口如瓶呢？

我迅速走到放着我的衣物和设备的行李箱旁边，掀开了盖子。沿着盖子内侧，有一条用粉笔写的消息，居然是我的笔迹。写的是三个简短的句子。我呆呆地看着这些话。"以彼之道还施彼身。一个失忆的人能否再次患上失忆症？答案就是相位。"

我盯着这条消息，嘴里念叨着。当时我肯定是故意含糊其词，不敢直接写明，想必是为了防止克兰或者埃弗顿看到后窃取我的想法。但是我当时到底想表达什么意思呢？

以彼之道还施彼身。一个失忆的人能否再次患上失忆症？答案就是相位。

以彼之道还施彼身。是否意味着我故意着了泥龟的道，然后扭转局面抓住了它？一个失忆的人能否再次患上失忆症？现在的我是不是已经对此免疫了？或许是吧。但是"答案就是相位"又是什么意思呢？

我听到其他人离开营地的声音后，也急忙拿起装备——包括铺满苔藓的标本箱——出发了。虽然他们已经离开了我的视线范围——从他们的声音判断，大约有20码的距离——但他们听到我的呼喊后就停了下来等我，而我在他们身后的泥泞中奋力前行。

埃弗顿博士走在最后，我跟上了他。我说："博士，我对原来的想法有点头绪了。我觉得我是有意让泥龟影响我的，我故意独自出去就是为了有机会接近它。"

"是吗？为什么？"他看起来很感兴趣。

"因为您知道，一旦被影响，我还要再经历大约4个小时的失忆。而在这段时间里，我相信自己对泥龟是免疫的。

我觉得如果我现在看到一只泥龟，我不会忘记它是什么，也不会忘记我想要捕捉它。"

他转过头盯着我说："斯宾瑟，也许你说得有些道理。但机会太渺茫了。"

"为什么？"

"主要是因为能见度太低，几乎没有办法看清它。根据那些图片来看，它与泥巴的颜色几乎一样。它在泥泞之上爬行，又与泥巴的颜色相同。除非你碰巧踩到它身上，否则几乎不可能发现它。"

我环顾四周，对他的说法深以为然。

我思考着"答案就是相位"这句话，然后试图理解当时我在想什么。这真是令人抓狂。

我们一路上艰难跋涉，而我的神经高度紧张，恐怕会造成大脑褶皱区挫伤。当时我用"相位"这个词要表达什么意思呢？为什么我要用那么晦涩的词汇呢？况且这将是我最后的机会……

我一边走着，一边睁大眼睛透过雾气注视着前方。

"博士，您觉得那些泥龟有多大？"

"根据照片判断，直径大约6英寸。"

其实这并不重要。这里大雾弥漫，6码之外，就算有一只大象你也瞧不见。迪克西和克兰就在我们前方两步远的地方，可我几乎看不见他们。

"它们的颜色和泥土一样吗？"

"请再说一遍？"

"那些泥龟，"我说，"它们的颜色是不是和这儿的泥土一样？"

他转过身看着我，"泥龟？斯宾瑟，你疯了吗？金星上根本没有泥龟。"

我突然停下脚步，在泥地上滑了一下，差点摔倒。埃弗顿博士回过头看着我，"有什么问题吗，斯宾瑟？"

"您先走，"我说，"我很快会赶上你们的。稍后我会解释。"

他犹豫了一下，似乎还想继续问我问题，但显然意识到如果不抓紧赶路就会看不见克兰和迪克西了，于是他说："好吧，如果我们走散了，就在营地见。"

他消失在了雾气中，而我立刻将标本箱放在我刚刚站立的地方作为标记，然后围绕着这个标记点螺旋前进。

答案就是相位！原来这一点都不神秘。我只是主动让自己被泥龟"捕捉"了，因此我与其他人的相位不同。在这一小段时间里，我对它们免疫，而其他人则没有免疫。所以，泥龟"捕捉"了埃弗顿博士，而这变成了我的线索。

我在离标本箱六七英尺远的地方画第 5 个圈时，差点踩到一个在泥泞中很难被发现的东西，它一动不动。那是一只6 条腿的泥龟。我把它拎了起来，对它说："啊哈，我的美人。以彼之道还施彼身，答案就是相位！"它那一双大眼睛深情地看着我，悲伤地叹道："咦？"我心生歉疚，因为我知道，寻找泥龟的方法一旦被发现，其他动物园、博物馆都会想有这样一个样本，另外……

我压制住这个念头，将泥龟稳稳地放进我的箱子里。它意味着迪克西，而迪克西意味着一切。依照定向点击信号的引导，我踩着泥泞回到了营地。

几个小时之后，他们终于回来了，我得意地笑了。这一次轮到他们来长见识了，我也已经准备好说服他们了。我从行李箱里翻出了所有我需要的弹药——包括关于金星泥龟的科学期刊上的文章，报纸上关于生物探险队前往金星以及金星泥龟的报道。当然，还有一号展品——一只活蹦乱跳、状态极佳的金星泥龟。

我将埃弗顿博士拉到一边，以他熟悉的方式，开始委婉地提醒他。

他叹了口气。"好吧，罗德，"他说，"虽然我记不起来，但我相信你的话。无论我们是否打过赌，我现在都会同意。"

我们握了握手，他突然笑了，"你和迪克西定好日子了吗？"

"我得先跟迪克西确认一下，"我告诉他，"但我知道选哪一天了。而且作为太空船船长，你可以在我们起飞之前主持仪式。"我冲他笑了笑，"事实上，我最好在再次遗忘之前兑现承诺，免得忘记约定的内容。"

"再次遗忘？你觉得会吗？"

"除非这只泥龟和我第一次碰到的那只是同一只，否则我觉得会。一旦第一只泥龟的免疫期结束，这只龟就会捕捉到我，然后我会再次失忆几个小时。如果猜得没错，那应该快了。"

我在主帐篷里找到了迪克西，至于我跟她说了什么，她又跟我说了什么，都与你们无关。半个小时后，埃弗顿博士为我们主持了婚礼。由于我们希望在金星日结束之前收拾好并起飞，所以我们全力投入了工作之中。

我负责飞船内大部分的工作，因此我是最后一个收拾好行李并上船的人。当然，我扔掉了所有不需要的东西——这是太空旅行前常做的事情——比如倒空标本箱里的苔藓，释放了一只看起来像海龟的奇怪生物。它一定是自己打开锁扣并爬进去的。作为标本，它没有什么价值，因为那根本不是我捕捉到的东西。这是一只非常吸引人的小家伙，但我很高兴没有任何理由将其囚禁起来。也许我应该问问埃弗顿博士，不过我迫切地想要回到地球开始我们的蜜月之旅。

新来的

"爸爸，人类是真实存在的吗？"

"见鬼！孩子，不会是阿斯塔罗的课上没教你这些吧？要是没教，我为什么每学期要付 10 个 B.T.U. 给他们？"

"阿斯塔罗确实讲过，爸爸。可他说的我没太懂。"

"嗯，阿斯塔罗有点……嗯，他说了些啥？"

"他说人类是真实存在，而我们不存在；我们只存在于他们的信仰中，我们是……是啥的幻影之类。"

"是想象的幻影吧？"

"对，爸爸。他说我们是他们想象中的幻影。"

"那有什么难懂的呢？这不是回答了你的问题吗？"

"可是，爸爸，如果我们并非真实存在，那我们为何在这里呢？我的意思是，我们怎么会……"

"好，孩子，我想我应该给你解释一下。但首先，别为这些事情担忧。这些只是学术上的东西。"

"什么是'学术上'呢？"

"就是并不重要的东西。就是那些你不得不学，否则就会愚昧无知的东西。真正重要的是莱巴洛姆和玛杜克的课程，他们的课你得好好学。"

"你是说红魔法、附身之类的吗？"

"没错，就是这些。尤其是红魔法，那是你的专业——火元素，懂吗？我们说回现实的东西吧。存在着两种……嗯……东西：心灵和物质。你现在明白了吗？"

"明白了，爸爸。"

"嗯，心灵高于物质，对吧？心灵是更高层次的。像石头之类的东西，纯粹是物质，是最低级的。人类是心灵和物质的交会，即两者同时拥有。他们的身体像石头一样是物质，但被思维掌控。这使得他们处在中层，明白了吗？"

"差不多吧，爸爸，但是……"

"别说话。第三种，也是最高级的，是……嗯……我们。元素、众神，各种神话中的东西——女妖、美人鱼、恶魔和狼人——还有你在这里看到的一切。我们更高级。"

"但如果我们并非真实存在，怎么……"

"安静。我们更高级，是因为我们是纯粹的思想，明白吗？我们是纯粹的精神派，孩子。就像人类由无思维的物质进化而来，我们是从他们那里进化而来。我们是他们的构想。你明白了吗？"

"我想是的，爸爸。但如果他们不再相信我们呢？"

"他们永远不会完全不相信我们的。总有些人会相信，那就够了。当然，相信我们的人越多，我们的个体就越强大。看看像阿蒙－拉和贝尔－玛杜克这样的老家伙，现在变得有些脆弱，因为他们没有真正的追随者。过去他们在这里备受敬仰，孩子。我还记得贝尔－玛杜克过去能与一群鹰身女妖搏斗，现在再看看他，走路都要用手杖了。索尔也是。你应该听说过他几个世纪前的伟绩，他在一场混战中是那样无敌。"

"可是，爸爸，要是那儿的所有人都不相信他们了呢？他们就会消失吗？"

"嗯，从理论上来说，是的。但是有一种力量可以拯救他们。还有一些人类，他们会相信任何事物，或者至少不会对任何事情都抱有怀疑态度。他们像一个核心，维持着这一切。无论某种信仰经历了多少质疑，他们仍然坚守信仰，不会产生怀疑之情。"

"可是，爸爸，如果他们创造了一个新的神话人物呢？那这个人会在这里变为现实吗？"

"当然会，孩子。我们每个人都是这样来到这个世界的，虽然到达的时间不同。比如说，看看捣乱鬼，他们就是新来的。还有你看到的飘浮在空中妨碍视线的这些流质，那也是新的。还有像巨人保罗·班扬，他才在这个世界上存在了一个多世纪——他比你的年龄大不了多少。还有许多其他的例子。当然，在他们出现之前，我们必须召唤他们，但这迟早一定会发生。"

"哇，谢谢你，爸爸。和阿斯塔罗相比，你说的话我更容易理解。他总是用那种高深的词汇，比如'转化''超实现'之类的。"

"好的，孩子，现在去玩吧。但别把那些令人头疼的水元素孩子们带回来。他们会让这个地方充满蒸气，导致我什么都看不清楚。有一个非常重要的人物要来拜访。"

"是谁，爸爸？"

"火焰恶魔之首达维斯。就是那个大人物。所以我要你出去玩。"

"天啊，爸爸，我能不能……"

"不行，他要跟我讲一些重要的事情。他在训练一个人，有点棘手。"

"你是什么意思，他在训练一个人？他想让他做什么？"

"当然是让他生火。达维斯针对这个家伙制订了很大的计划。他说这次会比尼禄[10]或者奥利利夫人的奶牛[11]更成功。这是个重大的行动。"

"天啊，我能看吗？"

"也许以后可以。现在没什么好看的。这个家伙还只是个孩子。但是达维斯很有远见。他的想法是趁早实行这个计划。虽然这需要数年时间，但一旦实现，定会引起轰动。"

"那我以后可以看吗？"

"当然，孩子。现在去玩吧。远离那些冰巨人。"

---

10 尼禄是罗马帝国皇帝，据称发生在64年的罗马大火是他命令军队放的。

11 1871年芝加哥发生大火后，有记者造谣说，奥利利夫人在给奶牛挤奶时，看到奶牛踢翻了煤油灯，从而引发了大火。

"好的，爸爸。"

经过整整 22 年的时间，它终于将他抓住了。他拼尽全力抵挡很久，但最终只能听到"砰"的一声响。

哦，它从沃利·史密斯还是个婴儿的时候就一直存在着——从他记事前。那时，他还是个婴儿，刚刚学会用两条肉嘟嘟、胖乎乎的短腿站立，抓着两根托儿床的栏杆，看着父亲拿着一根小棍子在鞋底擦了擦，然后伸向嘴里的烟斗。

那烟斗里冒出的烟雾很有意思。它们出现在那里，然后又消失了，就像灰色的幽灵一样。然而，这只是以一种温和的方式引起他的兴趣而已。

真正吸引着他明亮而好奇的眼睛的是那团火焰。

火焰在棍子的一端跳舞。它燃烧着，不断变化形状。像是黄、红、蓝融为一体的奇迹，一种神奇的美。

他那肥胖的小手，一只抓住托儿床的栏杆，另一只伸向火焰。那是他的，他想要它。是他的。

而他的父亲则把火焰拿开，让他够不到。他骄傲地对着他笑，带着溺爱。"很漂亮，对吧，孩子？但是不能碰，火会烧伤人。"

是啊，沃利，火会烧伤人。

到了沃利上学时，他已经对火有了很多了解。他知道火会烧伤人。他亲身经历过，尽管过程痛苦，但并不令人怨恨。他的前臂上留下了伤疤，时时提醒着他。那是一大块白色斑痕，卷起袖子后清晰可见。

这件事以另一种方式给他留下了痕迹，那就是他的眼睛。

这事也是他很小的时候发生的。那是太阳，发出辉煌而危险的光。当他妈妈把他的托儿床搬到院子里时，他看着它，目不转睛，直到眼睛开始疼痛，然后一有机会，他又会去仰望它，甚至把双臂伸向它。他知道那是火，是火焰，与在棍子一头跳舞又被父亲伸向烟斗的东西如出一辙。

火。他爱它。

所以，他很小就戴上了眼镜。他一生都近视，必须戴厚厚的镜片。

征兵局的人看了看他的镜片的厚度，甚至都不让他去参加体检，就免除了他的兵役，让他回家去了。

这让他很难接受，因为他渴望参军。他看过一个新闻片，展示的是新型喷火器。要是他能够使用那样的东西——

然而，那个欲望是存在于潜意识中的，他并不知道这是他想参军的重要原因之一。那是在1941年的秋天，我们还没有卷入战争。后来，在12月之后，那依然是他想参军的原因之一，但不再是主要原因。沃利·史密斯是一个优秀的美国人，这点甚至比成为一个出色的纵火狂更加重要。

不管怎样，他曾经战胜了纵火癖。或者，至少他自以为如此。如果纵火癖还存在的话，它一定被埋藏在很深的地方，大部分时间里他可以不去想它，他的思维中有一个"到此为止，莫进一步"的标志牌。

对于拥有火焰喷射器的渴望让他有些担心。然后，"珍珠港事件"发生了，沃利·史密斯开始自问，是不是出于爱国才想要消灭日本人，或者说对火焰喷射器的渴望是否合理。

就在他考虑这些问题的时候，菲律宾战场变得更加火热，日本人开始进攻马来亚直至新加坡，沿海有潜艇出没，看起来他的国家需要他。内心涌起一股强烈的斗志，告诉他别管是否有纵火癖，更重要的是爱国，以后再担心心理问题吧。

他去了3个征兵站，但全都拒绝接收他。然后他上班的工厂发生了变化——可是等一下，我们有点剧透了。

在小沃利·史密斯7岁时，他们带他去看了一位精神科医生。"是的，"精神科医生说，"纵火狂。或者至少有强烈的纵火倾向。"

"那……呃……医生，是什么引起的呢？"

你肯定多次见过精神科医生，比如在酵母广告中。很可能他在维也纳是一位大名鼎鼎的专家。还记得以前有一大批维也纳专家，他们宣扬吃酵母可以治疗包括道德败坏甚至嵌甲在内的各种问题吗？当然，这些都发生在德国入侵奥地利，导致尸横遍野，血流成河之前。好了，把你脑中有关"维也纳酵母王朝"的所有印象综合在一起，你就能想象出那位精神科医生给人的深刻印象。

"那……呃……医生，是什么引起的呢？"

"情绪不稳定，史密斯先生。我希望你明白，纵火狂并不代表疯狂。只要它保持在……嗯……控制之下，它就是一种强迫性神经症，源于情绪的不稳定。至于为什么该神经症选择了纵火这种特定的表达方式，可能是因为在婴儿时期遭受的某种心理创伤……"

"医生，你说什么？"

"创伤。心灵的、精神的伤口。也许对纵火狂而言，严重烧伤所引起的痛苦是一个因素。史密斯先生，你听过那句老话吗，'烧伤的孩子怕火'？"

精神科医生得意地笑了笑，他的手高举魔杖——我的意思是，举起他那黑色的雷鬼眼镜——仿佛是一种驱邪的手势。"事实当然恰恰相反。烧伤的孩子喜欢火。沃利小时候烧伤过吗，史密斯先生？"

"嗯，是的，医生。他4岁时搞到了一些火柴，然后……"

那条疤痕很明显就在他的胳膊上。医生，难道你没有注意到吗？一个被烧伤的孩子当然喜欢火。否则他就不可能被烧伤了。

精神科医生未曾询问他纵火前的症状——但史密斯先生若是提起这一茬儿，医生也只会淡化那些症状。他会向你保证，被火吸引是正常的，直到被火烧伤后才会变得有些不正常。一旦医生深入调查创伤的原因，他就能轻易地解释清楚这些细微差异。

于是，医生找到了问题的根源，治愈了他。万事大吉。

"现在吗，达维斯？"

"不，我要再等一等。"

"可是看到学校被烧毁会很有趣。而且学校很容易被点燃，防火通道也不够宽敞。"

"嗯哼。但无论如何，我还是要等等。"

"你的意思是，他以后可能会找到更大的目标？"

"没错。"

"你确定他不会摆脱你的控制？"

"不会的。"

"该起床了，沃利。"

"好的，妈妈。"他从床上坐了起来，头发凌乱，伸手拿起眼镜戴上，好看清楚妈妈。然后说道："妈妈，昨晚我又做了那种梦。一个浑身冒火的东西，还有另一个小点的东西，有点类似，在和它说话。它们在聊关于学校的事情……"

"沃利，医生告诉过你，除非他问起，你不能谈论那些梦。你知道，谈论它们会加深你的记忆，并且会让你再次做同样的梦。明白了吗，沃利？"

"明白了，可我为什么不能告诉你……"

"因为医生说不要这样做，沃利。现在告诉妈妈你昨天在学校做了什么？算术课上你是不是又考了 100 分？"

当然，医生对这些梦非常感兴趣，因为这是他们研究的一部分。但他发现这些梦混乱而毫无意义。可你不能怪医生，你听过一个 7 岁孩子试图向你讲述他所看的电影的剧情吗？

沃利的记忆和描述都很混乱："……然后有一个黄色的大东西……嗯，它当时没做什么，我猜。然后那个大的，比另一个高一些、红一些的东西，对它说了一些关于钓鱼的话，说它不会逃脱鱼钩，然后……"

他坐在椅子边上，透过那副厚厚的镜片凝视着医生，双手紧握在一起，双眼睁得圆圆的。但他说的话纯属胡言乱语。

"小朋友，今晚睡觉的时候，试着想一些愉快的事情，想一些你喜欢的东西，比如……呃……"

"像篝火一样的东西吗，医生？"

"不不不！我的意思是，比如打棒球或者滑冰。"

他们警惕地盯着他，特别是让他远离火柴和火源。他的父母为了避免火柴造成的危险，花光了所有积蓄买下一台电炉代替原来的煤气炉。然而，因为火柴危险，他的父亲戒烟了，而他节省下来的买烟钱足以支付电炉的电费。

是的，他已经被治愈了。精神科医生为此感到骄傲，同时也得到了物质回报。总之，更危险的外在症状已经消失。他虽仍然对火焰着迷，但这又有什么关系呢？哪个男孩不会追逐消防车呢？

随着时间的推移，他长成了一个高大魁梧的小伙子，尽管有些笨拙。他的体格正适合打篮球，只可惜他的视力不好，无法参加比赛。

他戒了烟，然后——试了一两次之后——意识到他应该把酒也戒了，因为饮酒会削弱他心智的护栏，护栏上有一条警告标语："到此为止，莫进一步。"就在那个晚上，他差点放火烧毁了上了几天班的船运公司的厂房。差一点，但幸好没有。

"现在吗，达维斯？"

"还不是时候。"

"可是，大师，为什么要继续等下去呢？那栋大楼是木质的，摇摇欲坠，而且还生产塑料玩具。塑料——你亲眼看过塑料燃烧的场景吧，达维斯？"

"是的，那确实很美。可是……"

"你认为会有更好的机会吗？"

"我认为？我确信有机会。"

沃利·史密斯第二天早上醒来时，头痛欲裂，发现口袋里装着一盒火柴。昨晚喝酒的时候，他的口袋里本没有火柴，他也不记得是何时何地捡来的。

让他感到不安的是，他曾捡起了那盒火柴。而且，让他感到非常害怕的是，他想知道当他把那盒火柴放进口袋时，脑子里到底是怎么想的。他知道自己曾经非常接近某个东西突出的边缘，而他对那个东西极度恐惧。

不管怎样，他立下了誓言。他决心不再喝酒，任何情况下都决不沾酒。只要不喝酒，他就有信心能够控制自己。只要控制了自己的意识，他就不是一个纵火狂，绝对不是。在他还是个孩子时，精神科医生就治愈了他的病。没错。

但是，他的眼中开始流露出一抹忧虑。幸运的是，他那厚厚的眼镜片掩盖了一大部分。然而，他的女友多特·温德勒却看出一点端倪。

那个晚上给他的生活带来了另一场悲剧，尽管多特毫不知情。沃利本来打算向她求婚，但此刻——

他思忖着，当自己不确定时，他是否应该请求像多特这样的女孩嫁给他？他差点决定放弃她，一看到她自己就备受煎熬。这也太过分了。于是他做了妥协，继续与她约会，但不再提求婚这事。好比一个不敢吃东西的人，却一看到熟食店的橱窗就迈不动步。

然后，1941年12月7日到来了。

那是12月9日的早晨，他跑了3个征兵站试图报名参军，但每次都遭到拒绝。

多特很想安慰他——虽然打心底为此事感到高兴。"但是，沃利，我相信你上班的工厂会转型生产国防产品。所有类似的工厂都在转型。这样你同样能够有所作为。国家需要枪支，还有弹药和其他东西，就像它需要士兵一样。另外……"她心里想说的是，让他有机会安定下来娶她为妻，但她自然不会说出来。

1月初，她的预言应验了。可在工厂转型期间，他被裁员了——这个过程持续了两个星期。第一周是愉快的假期，因为多特也请了一周假。他们到哪儿都形影不离。她休假的这一周是没有薪水的，纯粹是为了和他在一起，但她没有告诉他。

刚过两周，工厂就把他召回厂里继续工作。工厂的转型相当迅速，与金属加工工厂相比，生产化学品的工厂所进行的改装和调整不多。

他们打算对甲苯进行硝化处理。当他们有充裕的时间时，他们称之为三硝基甲苯，但当时间紧迫时，简称"TNT"同样合适。

"现在吗，达维斯？"
"就是现在！"

那天中午，沃利·史密斯感觉不对劲，他明白自己的精神状态并不好。有些事情困扰着他，而且越来越严重。

他走上装卸平台，来到铁路车站吃午餐。车站上停着十几节货车车厢，10个人正利用午餐时间卸下其中一节车厢里的一些沉甸甸的袋子。

沃利喊道："这是什么？"
"水泥，做防火墙用的。"
沃利说："哦，啥时开工呢？"

那人放下袋子，用脏手擦了擦额头，笑着说："明天。你知道他们是怎么搞这项工作的吗？一次只拆除一面墙，然后再浇筑一面水泥墙。他们全力以赴，看着不错。"

沃利说："嗯，这些车厢里都装满了水泥吗？"

"不，只有这节，其他的都是化学品和杂物。他们把这个地方修好的话，我会感到放心很多。现在——你知道，如果这里出了什么问题，会比上次战争时的'黑汤岛事件'[12]更可怕。那些车里的东西足以将大火烧到火车站对面的炼油厂。知道那边是什么吗？"

"知道。"沃利说，"当然，他们布置了很多警卫和其他设施，但是……"

"没错。"那个人说，"我们确实急需军火，但是他们把太多的弹药集中在这里了。这儿不适合处理三硝基，离其他东西太近了。即使他们采取了很多预防措施，可万一这个工厂出事，爆炸也会引发连锁……"他严肃地看着沃利，"喂，我们说得太多了。刚才说的话在工厂外面可别再提。"

沃利认真地点了点头。

工人开始抬起麻袋，然后又放下。他说："是啊，他们采取了预防措施。但是万一这里有个该死的间谍的话，他几

---

12 指的是发生在 1916 年 7 月 30 日的黑汤岛爆炸事件。该事件发生在美国新泽西州泽西城附近。在第一次世界大战期间，该岛作为一个军火库存储弹药和爆炸物。这次爆炸是德国特工所为的一起破坏行动，他们纵火引发了仓库内的大规模爆炸。这次事件对周围地区造成了严重破坏，包括建筑物和船只，被认为是当时美国土地上最大的破坏行动之一。黑汤岛爆炸事件对美国的参战决策起到了一定的影响。

乎就能让我们输掉战争。要是他够走运的话——我是说，如果间谍把这事传出去，附近有足够多的东西……嘿，该死，几乎能够左右太平洋的战局，小伙子。"

"而且，"沃利说，"我想会有很多人丧生吧。"

"叫他们死去吧。就算会有 1000 人死掉，那又如何？俄罗斯前线每天都有那么多人丧生，甚至更多。但是，沃利——我说得太多了。"

工人把水泥袋重新扛回肩上，走进了建筑里面。

沃利边思考边吃完了午餐，把纸巾团成一团并扔进防火的金属垃圾桶里。他看了一眼手表，还有 10 分钟。他再次坐在平台的边缘。

他明白自己应该如何行动了——辞职。即使只有十万分之一的机会——尽管实际上并没有，连百万分之一都没有。然而他告诉自己，他已经康复了，没事了。此外，他们仍然需要他留在这里，他的工作很重要，即使只是从很小的意义上来说。

但是，要不要听听以前看过的那位精神科医生的建议呢？那个医生还在城里。可以给他打电话，告诉他整个故事，听听他的想法。如果他建议自己辞职，那么……

而且，他现在可以用办公室的电话打给他，安排今晚见面的时间。不，不能用办公室的电话，但是走廊里有一台投币电话机。他有没有零钱呢？有的，他记得，他有零钱。

他站起来，把手伸进口袋，掏出里面的零钱。4 个 1 便士的硬币。他好奇地看着这些硬币。这些便士是怎么来的呢？他记得之前有一个 5 便士——

他又把手伸进另一个口袋，手却僵在了那儿。

他的手指碰到了硬纸板，形状像个火柴盒。他几乎不敢呼吸，手指小心地摸索着口袋里的陌生物体。毫无疑问，那是一整盒安全火柴，下面还有另一盒。这些火柴是 1 便士可以买两盒吗？难道 5 便士变成了 4 便士是因为买了两盒火柴吗？

然而，口袋里的那些火柴并不是他放的。他从不购买或携带火柴。他没有——

可要是买了呢？

因为他现在回想起了早上在上班途中发生的那件怪事。当时他突然发现自己居然来到了格兰特街和惠勒街的拐角处，偏离了正常上班路线整整一个街区，他感到好笑，也有些惊讶。偏离了一个街区不说，他还记不起曾走过那个街区。

他告诉自己是因为心不在焉，做白日梦了。然而，那条路上有商店，有卖火柴的店铺。

一个人可能因为白日梦而偏离正常路线一个街区，但是，他会购买了一个东西——还是带有可怕含义的东西——而不自知吗？

如果他能无意识地购买火柴，岂不也能使用——

甚至，也许是在他离开这里之前！

沃利，在你还明白自己在做什么，还能——

他从口袋里取出两盒火柴，将它们塞进防火垃圾桶的滑槽里。

紧接着，他脸色苍白而坚决地快步回到建筑物，穿过长长的走廊，来到运输管理办公室，径直走了进去。

他说："戴维斯先生，我要辞职。"

坐在桌前的秃顶男子抬起头，脸上露出了一丝惊讶。"沃利，怎么了？发生了什么事？你还好吗？"

沃利试图保持自然的表情，表现出神态自若的样子。他说："戴维斯先生，我……我要辞职了，理由不便透露。"他转身就要离开。

"可是，沃利，你不能这样。天哪，我们现在的人手本就不足。你知道你的部门再培训一个人需要几周的时间吗，沃利？你必须提前通知我们，以便我们做好准备。至少提前一周，这样我们才能安排……"

"不，我现在就辞职。我要……"

"但是，沃利，你这是抛弃了我们啊。伙计，我们非常需要你。你的重要性就像——不亚于巴丹前线[13]。这个工厂和整个太平洋舰队一样重要。它——你知道我们在这里干什

---

13 | 巴丹前线，也被称为巴丹半岛，是菲律宾的一个战略地点。它具有历史意义，因为它是第二次世界大战期间巴丹战役的地点。1942 年，菲律宾和美国军队在巴丹半岛上与入侵的日本军队作战。战斗持续了数月，盟军因供应和支援不足而被迫投降。随后，日军强行押送菲律宾和美国战俘进行了残酷的"巴丹死亡行军"。如今，巴丹前线被视为英勇和牺牲的象征。

么，为什么还要辞职呢？"

"我……我就是要辞职。没得商量。"

坐在桌前的秃顶男子站起身，脸上的温和表情消失了。他身高大约5英尺，比沃利矮一些，但此刻他仿佛比那年轻人高大得多。他说："告诉我背后的原因，否则我就……"说着，他绕过桌子，同时握紧了双拳。

沃利向后退了一步，说："戴维斯先生，你不明白。我也不想辞职。可我不得不……"

"嘿，达维斯在哪儿？马上找到他！"

"他正在和阿波罗闲聊。这个希腊人试图说服他不要这样做，因为希腊站在美国这边，希望他们取胜，但是阿波罗和其他人已经没有足够的力量来反抗……"

"闭嘴。喂，达维斯！"

"怎么了？"

"你这个纵火狂，他居然要申辩。如果他这样做，就会被关起来，而且无法……"

"别说了，我明白。"

"赶快！你会错过……"

"闭嘴，我无法集中精力了。哈哈，我抓住他了。"

"戴维斯先生，请听我说。我……我完全没有那个意思。我头痛得厉害，脑子不清楚，根本不知道自己在说什么。我只是随便编了个理由说想离开这里，这样我就可以去……"

"哦，沃利，这可不是一回事。但为什么辞职呢？仅仅因为头痛？当然，现在你先去看医生吧。但无论是今天、明天还是下周，等你恢复了就回来。伙计，你不必因为生病就辞职回家。"

"好的，戴维斯先生。非常抱歉给您留下那种印象。刚才我的脑子有些乱。我会尽快回来，甚至可能今天就回来。"

真有你的，沃利，你现在已经蒙蔽了他。告诉他你要去看医生，这样你就有借口出去一段时间了。你可以去买更多的火柴，因为你不能把丢进垃圾桶的火柴再取回来，那样会引起别人的注意。

去买更多的火柴，你明白自己要做什么，对吧，沃利？你会令上千人失去生命，损失价值数十亿美元的物资和大量的宝贵时间，整个军备计划将严重受阻。但是沃利，那将是一场壮观的大火，整个天空都会被染成红色，如同鲜血一般。

告诉他——

"戴维斯先生，请听我说。我以前也有过这种头痛，剧痛难忍，但通常只持续几个小时。我可以 5 点钟回来，然后加班来弥补今天下午的缺席，可以吗？"

"当然可以，只要你感觉好了，并确定不会有问题。我们已经落后了，你每多工作一个小时都很重要。"

"非常感谢，戴维斯先生。我确定没问题。再见。"

"达维斯，你躲过了一劫，干得漂亮。而且晚上会更好。"

"晚上总归好些。"

"伙计，伙计，我一定要亲眼看见。还记得芝加哥吗？还有罗马？还有布莱克·汤姆？"

"这次将超越他们。"

"但是那些希腊人——赫耳墨斯、奥德修斯和那帮人，他们会联合起来试图阻止吗？而且可能还会有其他国家的传说人物加入。达维斯，你准备好应对麻烦了吗？"

"麻烦？呸，没人相信那些家伙有足够的力量能得到任何权力。我用小手指就能把他们都推开。而且看看谁会帮我们——如果他们真的想惹麻烦的话。齐格弗里德、杉本和那帮人会站我们这边。"

"还有罗马人。"

"罗马人？不，他们对这场战争没兴趣。不会有麻烦的。我的小鬼可以应付整个团伙。"

"太棒了。给我保留一个包厢座位，达维斯。"

夜晚有些陌生。7点钟时，他已经工作了两个小时，天色开始变暗。沃利·史密斯感到黑暗本身就像是一种陌生的存在。

他的潜意识知道，他正在工作，就像往常一样。他会和其他同事交谈、开玩笑。他以前下班后常常会加班几小时，因此与上晚班的人常有交集。

他的身体机械地工作着。他拿起该拿的东西，放到该放的地方，填写卡片、备忘录和提货单。仿佛是他的双手自己在工作，而他的声音自己在说话。

而沃利·史密斯的另一部分，一定是真正的自我。它仿佛站在远处，看着自己的身体工作，听着自己的声音说话。那是一个无助地站在恐怖深渊边缘的沃利·史密斯。现在，都明白了。无知的藩篱被打破，他对一切了然于心，包括有关达维斯的一切。

他知道，9点钟走出大楼的时候，他会经过那个角落的房间。他已经小心地在房间里面堆放了一堆易燃垃圾。那些垃圾只需要一根火柴就能引燃，火焰会高高蹿起，瞬间点燃背后的墙壁，而人们一时无法察觉。在那堵墙的后面——

他只剩下最后两步：转动关闭洒水系统的把手；点燃火柴。

一根火柴发出黄色的火焰，然后变成熊熊的红色地狱之火。大火一旦开始燃烧，就再也无法止住。建筑物一幢接一幢变得火红，一具又一具身体在烈火中被烧得焦黑。人们被爆炸杀死或震晕，在烈火地狱中被烹煮着。

沃利·史密斯的思维变得混乱不堪，脑海中充斥着他在小时候的梦中无数次见到的恐怖景象，以及那些无法描述或辨认的奇幻生物。但此刻，他至少模糊地意识到了他们的身份。他们都是出现在神话和传说中，在真实世界并不存在的人物。

但在那个噩梦中，它们以某种方式存在着。

他甚至能够感知到它们——不是通过声音，而是通过非语言形式的思维。有时候，人的名字在各种语言中都是相同的。一次又一次，"达维斯"这个名字以及与火有关的一种名为"达维斯"的事物，驱使着他去完成当前正在进行和打算要进行的事情。

他看着，听着，感受着，心里既有恐惧也有厌恶。但他依旧从容地填好一张张车票，与周围的人轻松地开着玩笑。

他盯着时钟，差一分钟9点。

沃利·史密斯打了个哈欠。"嗯，"他说，"我想我该下班了。回见，伙计们。"

他走到时钟旁，插入打卡卡片，结束了工作。

他戴上帽子、穿上外套，沿着走廊向外走。

此时，他消失在了其他人的视线中，但还没有进入门口保安的视线范围。这时，他的动作变得无声无息。他如豹子般行走，转身进入那空旷的库房里——里面一切都已准备就绪。

时机已经成熟。火柴在他手中。他迅速地划燃了它。火焰跳动了起来，就像他小时候第一次看到父亲手中燃烧的火柴头上舞动的火焰一样。多年前，沃利粗壮的手指追逐着火柴头上舞动的火焰，那是闪光、变幻不定的黄红蓝三色奇景，那是神奇而美丽的火焰。

他等待着火柴完全点燃，等待着火焰变旺，以免弯下身子时被气流吹灭。初生火焰极其脆弱。

"不！"他大脑的另一部分喊道，"不要！沃利，不要！"

可是，沃利，现在你可不能停下来，你无法"不要"，因为达维斯那火之恶魔已经主宰了你。他比你更强大，也比你那噩梦世界中的任何人都要强大。沃利啊，喊救命也没有用。

那就向他们中的任何人喊救命。喊给老摩洛克听，他也不会理你——他甚至会对此乐此不疲。大多数人都会，虽然不是全部。索尔独自站在旁边，对接下来要发生的事并不感到高兴，因为虽然是个战士，他却没有强大到能与达维斯抗衡的地步。那边的生物都不行。

火焰是至高无上的王者。所有的火元素都在翩翩起舞。其他人则在静静地注视着这壮观的场景。有白胡子的宙斯，他旁边站着一位长着鳄鱼头的人；还有骑在斯库拉背上的达贡——还有所有人类想象出来的生物，以及正在想象的——

然而，沃利，没有人会来帮你。你得独自面对。此刻，你弯下身子，手上拿着火柴。用另一手掌遮住，免得门口的气流吹灭火焰。

沃利，这很愚蠢是吧？你被驱使着去做一件虚无缥缈的事情，而驱使你的人只存在于思想之中。沃利，你疯了，你疯了。疯了吗？或者说，难道思想不是跟其他事物一样真实吗？你不就是思想注入一块泥土后的产物吗？而他们呢，也是思想，只不过是没有注入泥土而已吧？

沃利，大声呼救吧！总会有人能帮助你的。用思维呼喊吧！不是用喉咙和嘴唇呼喊，因为它们现在不属于你了。朝着那边，有人能帮你的方向，大声呼救吧！有人能阻止达维斯。有人会站在你这一边。

没错！就是这样！呼喊吧！

之后——大约一个小时后，沃利已不太记得他是怎么回到家的。只记得天空一片漆黑，而不是末日般血红的颜色。火柴烧到他的拇指和食指上，炙烤着他的皮肤，可是他几乎感觉不到灼烧的疼痛。

他的房东坐在门廊边的摇椅上。她说："这么早就回来了啊，沃利？"

"早吗？"

"是啊。你今早不是说要去和你的女朋友约会吗？我还以为你们在城里吃完饭后就直接去她家了呢。"

想起这事，沃利的心里突然慌张起来，立即跑向了电话亭。令人窒息的时刻过去了，很快他听到了她的声音。

"沃利，发生什么了吗？我一直等着……"

"对不起，多特，晚上加班没法打电话。现在我可以过去吗？你愿意嫁给我吗？"

"我……你说什么，沃利？"

"亲爱的，现在没事了。你愿意嫁给我吗？"

"这个……你过来我就告诉你。但你说什么，现在没事了？"

"没事了……我马上过去，告诉你一切。"

但是，在走过6个街区后，理智重新占据了他的脑海。他当然不会把实情告诉她。于是，他编了一个故事——一个她会相信的故事，用来掩盖他之前说的话。优秀的丈夫就是这样培养出来的。如果给他机会，他准备成为一个优秀的丈夫。他的机会来了。

"爸爸！"

"嘘，孩子。"

"为什么啊，爸爸？你在床下做什么？"

"嘘，好了，说话小点声。我想他还在附近。"

"爸爸，谁啊？"

"一个新来的。那场……可惜了，孩子，昨晚的大乱斗你都睡过去了吗？这是1700年来最激烈的战斗！"

"哇，爸爸！谁赢了呀？"

"新来的。他一脚踢开了达维斯，把他踢得远远的，然后一群达维斯的朋友合伙对付他，结果被他狠狠地揍了一顿。现在他还在外面得意扬扬呢，而且……"

"正在找别人打架吗，爸爸？"

"嗯，我不知道。除了跟刚刚那些人动手之外，他还没有和任何人打过架，唯一的例外是达维斯。我猜他之所以挑战达维斯，是因为达维斯附身的那个人一定骂过他了。"

"可是你为什么躲起来了，爸爸？"

"因为，孩子，我是火元素，他可能会认为我是达维斯的朋友，我不想冒险，只想一切都平静下来。明白吗？天哪，这个家伙身边肯定有一群人相信他，才能使他变得那么强大。他对达维斯做的那些……"

"他叫什么名字，爸爸？他是传说还是神话中的人物？"

"不知道，孩子。我打算让别人先去问问。"

"我要从窗帘缝里看看，爸爸。我会尽量把灯光调暗。"

"嘿，别……注意点，好吧？能看见他吗？"

"能。我猜应该是他。他看起来并不危险，可是……"

"可是不要冒险，孩子。我连靠近窗户看一眼都不敢，我比你亮些，他会注意到我的。说起来，昨晚我在黑暗中没能看清楚。白天他是什么样子呢？"

"爸爸，他看起来并不危险。他有一撮白胡子，个子高高瘦瘦的，红白条纹的长裤塞进了靴子里。还戴着圆顶礼帽，蓝色的帽子上有白色的星星。红、白、蓝。这意味着什么呢，爸爸？"

"从昨晚发生的事情看，孩子，应该有意义。我呢，在别人问出他叫什么名字之前，我会一直待在床底下！"

大器

有一个叫艾尔·汉利的人，乍一看，你也许并不会认为他有多大成就。然而，如果你读完这个故事后，了解了他的生平事迹——尤其在达尔人到来之前，你会由衷地感激艾尔·汉利。

当时，汉利喝得醉醺醺的。当然，这并没有什么特别之处——他很久以来都是这种状态。虽然保持这种状态已经变得相当困难，但那就是他的志向。他已经一文不名了，也借遍了所有的朋友。现在，愿意借钱给他的熟人已经所剩无几，要是还有人能借给他一角两角，他都觉得是撞大运了。

他不得不走上几英里才能见到一个稍微熟悉的人，希望能试着借到 1 美元甚至是 25 美分的硬币。这漫长的步行能够稍微减轻上次喝酒的影响，虽然不能完全消除，但至少有些效果。就像爱丽丝遇到红桃皇后时所面临的困境一样，他必须全力以赴才能待在原地。

向陌生人行乞已不再可行，因为警察一直在打击这种行为。如果汉利这样做，他将整个夜晚都被关在拘留所里，也不会有酒喝，那就太糟糕了。现在他已经到了一天不喝酒就产生恐怖幻觉的地步，相较而言，震颤性谵妄都是小儿科了。两种状态的差别犹如龙卷风之于微风。

震颤性谵妄不过是幻觉而已，聪明人都明白这些幻觉并不存在。如果你喜欢的话，有时候它们甚至会常伴你左右。但恐怖幻觉可不一样。产生这种状态需要你比一般人喝得多得多，你已经完全忘记醉了多久了。然后，当你突然地完全戒酒，比如被关进监狱的时候，它们才会出现。一想到这些幻觉，汉利就开始发抖。

汉利有一位老朋友——他只见过几次，并且境况不太好——那个人叫基德·埃格尔斯顿，身材高大，以前是个拳击手，如今早已雄风不再。最近他在一家酒吧当保镖，汉利就是在这里认识的他。

但你不必费心记住他的名字或经历，因为就这个故事而言，他的存在不会持续很久。实际上，一分半钟后他将开始尖叫，然后昏倒，以后再也不会出现。

顺便提一下，如果不是基德·埃格尔斯顿的尖叫和晕倒，也许你现在就不会在这里阅读这个故事了。你可能会在银河系边缘的绿色阳光下开采矿石。那样的生活你肯定不喜欢。所以请记住，是汉利拯救了你，而且他依然在为你救赎。所以对他不要太苛求。如果三和九抓住了基德，这个世界将是一幅完全不同的景象。

三和九来自达尔星。达尔星是一颗绿色恒星的第二颗行星（也是唯一一颗宜居行星），这颗绿色恒星位于遥远的银河系边缘。当然，三和九并不是他们的全名。达尔人的名字是由数字组成的，三的全名或完整数字是389057792869223。或者说，在十进制中，他的名字就该转换为这样一串数字。

我称他为三，称他的同伴为九，并让他们彼此这样称呼，我相信你们会原谅我的。当然，他们可能不会原谅我。达尔人总是以完整数字称呼对方，省略任何一个数字都是不礼貌甚至是极具侮辱性的。不过，达尔人的寿命比我们长得多，他们有的是时间，但我没有。

当汉利和基德握手时，三和九仍在距他们大约一英里的上空。他们不在飞机上，也不在宇宙飞船中——当然也不在飞碟中。我当然知道飞碟是什么，但请在其他时间问我这个问题。现在我只想聊达尔人——他们身处于一个时空立方体中。

我想我需要解释一下。达尔人发现——就像我们也许将来会发现的那样——爱因斯坦的理论是完全正确的。物质若不转化为能量，是不能以超光速运行的。你肯定不想变成能量，对吧？达尔人也是这样。他们开始在银河系各地进行探索时，也不希望变成能量。

后来，他们发现，如果同时穿越时间和空间，就可以实现超光速飞行。不过，他们是借助时空连续体，而非直接穿越空间。他们的这次旅行，从达尔星出发，就穿越了 16.3 万光年的距离。

但是，由于他们同时穿越了 1630 个世纪的过去，对他们来说，旅行的时间为零。在返回时，他们又穿越了 1630 个世纪的未来，回到了时空连续体的起点。你明白我说的这些吗？希望你能明白。

总之，有一个地球人看不见的立方体，悬浮在费城上方一英里的位置（别问我为什么他们选择费城——我也不知道为什么总是有人选择费城搞事情）。立方体在那儿停泊的 4 天里，三和九一直在捕捉并研究广播信号，最后他们学会了理解和表达当地的语言。

当然，他们并没有了解我们的文明史以及我们的风俗习惯。毕竟，仅仅通过收听一些杂七杂八的类似赠品赢取游戏、肥皂剧、查理·麦卡锡和独行侠的故事，就能准确描绘地球居民的生活状况吗？

其实，他们并不是真的关心我们的文明水平。他们是要确保人类文明不足以威胁到他们——实际上，4 天后他们非常肯定我们的文明达不到那个水平。但你不能责怪他们形成这种印象。毕竟，他们的判断完全正确。

"我们要下去吗？"三问九。

"下去吧。"九对三说。三把身子盘在控制台周围。

"……对了，我看过你的比赛，"汉利说，"你太棒了，基德。要不是你的经纪人不行，你是有望成为顶级选手的。

你的实力足够。到旁边喝一杯怎么样？"

"是你请还是我请，汉利？"

"嗯，目前来说，我有点落魄了，基德。但是我需要喝一杯。看在老相识的分儿上……"

"你还需要喝一杯？我还需要脑袋上开个洞呢。你已经醉了，希望你没有出现震颤性谵妄，还能清醒过来。"

"幻觉出现了，"汉利说，"别太当回事。看，他们正从你背后追上来。"

没想到，基德·埃格尔斯顿竟真的转身向后看去。他尖叫一声后晕倒了。三和九走了过来。他们的后方是一个影影绰绰、20英尺见方的巨大立方体。它在那里，又好像不在那里，看起来有点吓人。怪不得基德会被吓晕过去。

三和九并没有什么可怕之处。他们像蠕虫一样，大约15英尺长（如果完全伸展的话），中段大约有1英尺粗，两端逐渐变细。他们全身呈好看的浅蓝色，看不见任何感官，所以无法区分哪一端是前面，哪一端是后面——可实际上并没有区别，因为两端完全一样。

尽管他们正向汉利和倒在地上的基德靠近，但实际上他们没有所谓的前端或后端。他们自然盘绕着，悬浮在空中。

"嗨，伙计们，"汉利说，"你们吓坏了我的朋友，可恶。他本来要在教训我一番之后请我喝一杯的。所以你们欠我一杯。"

"反应不正常，"三对九说道，"另一个样本的反应也这样。我们都带走吧？"

"不。另一个，虽然个头大些，但显然是个软蛋。一个样本足够了。带走吧。"

汉利向后退了一步。"如果你们请我喝一杯，都好商量。不然的话，我就想知道，去哪儿？"

"达尔星。"

"你的意思是我们从这儿去达尔星？听着，老板，如果你们不请我喝一杯，我可不打算去你们那儿。"

"你明白他在说什么吗？"九问三。三摇了摇身体一端，意思是"不"。"我们是否要强行带走他？"

"如果他自愿前去，就没有必要动用武力。你愿意进入立方体吗，人类？"

"那里有酒吗？"

"有啊。请进吧。"

汉利走向立方体，并进入其中。当然，他并不是真的相信那里有酒，但他还有什么可以失去的呢？况且，如果你有震颤性谵妄症，最好是迁就一下。立方体是固体，内部井井有条，不透明。三围绕着控制台，用身体两端熟练地操纵着精巧的机械装置。

"我们现在处于内空间，"三对九说道，"我建议我们先留在这里，进一步研究这个样本，搞清楚他是否符合我们的需求，然后再向上级汇报。"

"嘿，伙计们，你们的酒呢？"汉利有点担心。他的手开始颤抖，脊椎里面像有蜘蛛在来来回回地爬。

"他似乎很痛苦，"九说道，"要么渴了，要么饿了。这些生物喝些什么呢？他们像我们一样喝过氧化氢吗？"

"他们行星的表面大部分都覆盖着含有氯化钠的水。我们要合成一些吗？"

汉利大喊道："别！别给我喝水，不含盐的水也不要。我想喝饮料！我要喝威士忌！"

"我来分析一下他的新陈代谢吧，"三说道，"用精密荧光显像仪，我一秒钟就可以完成。"他把身体从控制台上松开，走向一台奇怪的机器。灯光不停地闪烁。三说："太奇怪了。他的新陈代谢依赖于 C_2H_5OH（乙醇）。"

"C_2H_5OH？"

"没错，就是酒精——至少基本上是这样。好像有很长一段时间，他只摄取酒精，用少量水稀释，但没有他们海洋中存在的氯化钠，还含有微量的其他成分。他的血液和大脑中的酒精含量是 0.234%。酒精是他整个新陈代谢的基础。"

"伙计们，"汉利恳求道，"我渴死了。别再说废话了，给我来一杯吧。"

"请等一下，"九说道，"我会造出你需要的东西的。我会使用那台精密荧光显像仪上的微调器，再结合心理计量器。"又有几盏灯开始闪烁。九走进了立方体角落的实验室。不知道他在里面鼓捣了些什么，一分钟不到他就出来了，手里拿着一只装有两夸脱 [14] 琥珀色液体的烧杯。

汉利嗅了嗅，然后喝了一小口。他舒了一口气。

"妙啊！这是生命之水！琼浆玉液啊！再没有比这更好喝的饮料了。"他喝了一大口，甚至没有感到喉咙有丝毫的灼烧感。

"你给他喝了什么，九？"三问道。

"这个配方非常复杂，完全满足他的需求。其中 50% 是酒精，45% 是水，还有很多其他成分，包括他的身体所需的各种维生素和矿物质，按照合适的比例混合在一起，而且没有任何味道。然后，我根据他的喜好添加了少量的其他成分来改善口感。即使酒精和水都可以饮用，但我们仍然觉得非常难喝。"

汉利叹了口气，痛饮了一大口。他晃了一下，朝着三笑了笑。"现在我知道你们不在那儿了。"他说。

"他什么意思？"九问三。

"他的思维过程似乎完全不合逻辑。我怀疑他们的种族不适合当奴隶。当然，我们还需要进行确认。你叫什么名字，人类？"

"名字有什么意思，伙计？"汉利说道，"随便叫我什么都行。你们是我最好的朋友，你们可以带我去任何地方，到了达尔星后告诉我一声。"

他又喝了一大口，然后躺倒在地板上。他发出了奇怪

---

14 | 英、美计量液体或干量体积的单位。用作液量单位时，1 美夸脱约为 0.946 升。

的声音，可是三和九无法分辨出这些声音是什么单词，听起来像是"嘶嘶嘶——呼噜，嘶嘶嘶——呼噜，嘶嘶嘶——呼噜——"他们捅了捅他，想将他弄醒，但没有成功。

他们不断地观察他，做了所有能做的测试。几个小时后，他才醒来。他坐了起来，眼睛发直地看着他们，说："我不信我不信！你们怎么还在这里？天哪，再给我来一杯，快点！"

他们将那个烧杯递给汉利——九给他倒了满满一杯。汉利喝了一口。他陶醉地闭上眼睛，说："别弄醒我。"

"可是你已经醒了。"

"那就别让我睡着。我总算明白这是啥了。这就是众神喝的玩意儿，叫作神酒。"

"什么是众神？"

"众神不存在。但这就是他们喝的东西。他们在奥林匹斯山上。"

三说："思维过程完全不合逻辑。"

汉利举起烧杯，说："此地就是此地，达尔就是达尔，两者永不相交。为了两者的相交，干杯。"他又喝了一口。

三问："什么是相交？"

汉利想了一下，说："相交是一种沿轨道运行的东西，你可以乘着它从这儿去达尔。"

"对于达尔，你了解多少？"

"达尔不存在，就像你们一样。但为了你们，兄弟们。"他再次喝了一口。

"他很笨，经过训练后，只适合从事一些简单的体力劳动。"三说，"但如果他有足够的耐力，我们仍然可以建议对这个星球进行一次大规模袭击。毕竟那里可能有30到40亿居民。我们可以利用这些无技能的劳动力，30到40亿的人对我们非常有帮助。"

"好啊！"汉利说。

"他的协调能力似乎很差，"三若有所思地说，"但或许他的身体力量很大。人类，我们怎么称呼你？"

"叫我阿尔，兄弟们。"汉利站了起来。

"那是你的名字还是你的物种？无论哪种情况，都是完整的称谓吗？"

汉利靠在墙上，考虑了一下。"是物种，"他说，"我们用拉丁文来代表。"他错说成了拉丁文。

"我们想测试一下你的耐力。从立方体这边跑到那边，一直跑，直到跑不动为止。来吧，我帮你拿装食物的烧杯。"

他从汉利手中夺走了那只杯子，而汉利却试图抢回来。

"我要再喝一口。再来一口，我就会给你们跑。给你们跑个总统出来。"

"也许他不喝不行，"三说，"给他吧，九。"

喝了这一口后，可能很长时间都没得喝，所以汉利喝了一大口。然后他愉快地向4个看着他的达尔人挥手致意。他说："赛马场见，兄弟们。你们所有人，一定要赌我赢哦。我赢了，名利双收。先干一个吧。"

他又喝了一口——这次喝得不多——不到两盎司[15]。

"够了!"三说,"开始跑吧。"

汉利才走了两步,就面朝下倒在了地上。他翻个身,仰躺着,脸上带着幸福的微笑。

"太不可思议了!"三说道,"也许他在试图愚弄我们。九,给他做个检查。"

九进行了检查。"太不可思议了!"他说道,"才走这么几步,竟然完全失去了意识——以至于对疼痛毫无感知。他并没有伪装。他这一类人对达尔来说完全没有用处。设定好控制器,我们发报告回去吧。根据我们接到的附加命令,把他带回去作为动物园的样本吧。在那儿他能实现自己的价值。就身体状况而言,他是我们在几百万个星球上发现的最奇特的样本。"

三将自己缠绕在控制器上,用身体两端同时操作机械装置。16.3万光年和1630个世纪过去了,二者相互抵消,如此彻底,如此精确,似乎时间和距离都没有被穿越。

达尔人统治着成千上万颗有价值的星球,也造访过数百万颗毫无价值的星球,比如地球。在达尔的首都,艾尔·汉利被放置在一个显眼的地方,装在一座大玻璃笼子里,因为他是一个令人叹为观止的标本。

笼子中央有一个池塘,他经常从中喝水,有时还会泡澡。池塘里充满了一种流动不止的美味饮料,任何饮料都无法与

15 | 重量单位,1盎司约等于28.35克。

之相媲美。跟它相比，地球上的极品威士忌就像是在肮脏浴缸里酿制的杜松子酒。此外，它还添加了人体代谢所需的所有维生素和矿物质，而这些物质都是无色无味的。

这种饮料不会导致宿醉或其他不良后果。对汉利来说，这是一种令他心情舒畅的饮料。而汉利的奇特构造则让动物园的常客们流连忘返。他们好奇地盯着他看，并看到了他所在的笼子上的标识，首行看起来像是拉丁语，并注明了他的物种是 Al——这是他跟三和九说的：

匿名酒鬼

以添加了微量维生素和矿物质的乙醇为食。偶尔清醒，但完全没有逻辑思维能力。耐力不佳，走几步就会摔倒。该标本完全没有商业价值，是银河系中迄今发现的最奇特的生命形式，极具吸引力。栖息地位于 JX6547-HG908 恒星的第三颗行星。

实际上，他们对他进行了一种可让他永生的治疗，这实在是出人意料。可这是个好事情。因为他作为一个动物学标本非常有趣，如果他死了，他们可能会回到地球再捕捉一个。那时，他们可能会碰巧选择你或我——而你或我，当时很可能是清醒状态。那样的话，对我们所有地球人来说就不太妙了。

复仇舰队

它们来自漆黑的太空，来自无法想象的遥远之地。它们在金星上集结，然后将这颗行星彻底摧毁。短短几分钟内，金星上的 250 万居民、来自地球的所有殖民者以及所有动植物都被消灭殆尽。

这些入侵者拥有的武器威力极大，能让金星的大气层瞬间消散。进攻如此突然又如此出人意料，金星人毫无准备，措手不及。战斗迅速结束，金星人甚至一枪未发就遭遇惨败。

接下来，它们把目标转向了外侧的星球——地球。

但这次情况大为不同，因为地球已经做好了准备。地球不是在入侵者进入太阳系的几分钟内才做好了准备，而是在 2820 年。此时，地球正与火星展开一场殖民地之争。火星的人口已经达到地球的一半，正为谋求独立而战。入侵者攻击金星时，地球和火星的舰队正在月球附近调兵遣将，展开激烈的军事对抗。

然而，这成为人类历史上结束最快的一场战斗。地球和火星的联合舰队突然停止了相互攻击，转而拦截位于地球和金星之间的入侵者。我方舰队数量拥有压倒性优势，成功摧毁了入侵者的飞船，并将它们彻底歼灭。

仅仅过去 24 小时，地球人与火星人就在地球首都阿尔布开克签署了长期和平协议，承认火星独立，并建立了两个星球间的永久联盟。这两个行星是太阳系中仅有的两颗宜居行星，现在携手对抗外星侵略。他们开始制订复仇舰队的计划，希望能找到入侵者的基地予以摧毁，以免它们再次前来。

通过地球上的设备和在几千英里高空的侦察船上的探测器，人类侦测到了入侵者的降临。虽然来不及拯救金星，但通过这些设备提供的数据，人们得知入侵者来自一个几乎无法想象的遥远之地。

若不是我们发明了 C+ 引擎，这个距离对我们而言真是太过遥远。这种引擎可以驱动舰船以数倍光速飞行，但由于地球和火星之间的战争耗尽了两个行星的资源，而该引擎需要非常遥远的加速距离才能实现超光速飞行，因而在太阳系内无法发挥其优势。所以，该引擎当时未能投入使用。

现在，我们终于有了明确的目标——地球和火星利用他们的技术，合力建造了一支装备 C+ 引擎的舰队，目的是派遣舰队前往入侵者的母星，彻底消灭它们。这趟旅程已经花了 10 年，但预计还需要 10 年。

复仇舰队规模不大，但它们拥有难以想象的强大武器。它们于 2830 年从火星太空港出航。

此后再无消息。

直到一个世纪后，我们终于得知了舰队的命运，这得益于伟大的历史学家和数学家乔恩·斯宾塞四世的推理。

斯宾塞写道："我们现在知道，其实早前就已经知道，超光速行进的物体会穿越到过去。因此，以我们现在的时间为参照，复仇舰队在出航之前已经到达了目的地。

"过去我们对宇宙的尺寸并不了解，但通过复仇舰队的经历，我们现在能够推断出来。至少在一个方向上，宇宙的周长或直径可达 C^o 英里（这里的周长或直径其实是一回事）。10 年间，舰队在空间意义上是向前飞行，在时间意义上则是倒退，正好跨越了这 186334^{186334} 英里的距离。舰队沿直线飞行，如同绕着宇宙转了个圈，又回到了它于 10 年前出发的地方。舰队摧毁了碰到的第一颗行星，然后在飞往第二颗行星的途中，舰队的指挥官突然明白了真相——意识到有舰队前来迎接他们——因此在遇见地球和火星舰队时立即下达了停火指令。

"这件事太令人震惊了——似乎是个悖论——因为我们意识到复仇舰队是由巴里奥将军带领的，而他曾是地球舰队的指挥官。在地球与火星发生冲突期间，地球和火星舰队联手摧毁了他们以为是外星入侵者的舰队。而在那一天，地球和火星舰队的许多成员后来成为复仇舰队的成员。

"如果在旅途结束时，巴里奥将军能及时认出金星并且没有摧毁它，后来会发生什么呢？这个问题想想就觉得非常有趣。然而，这样的猜测是无益的。他决不可能这样做，因为他已经摧毁了金星——否则他就不会被任命为舰队的指挥官去向'外星人'复仇。人是无法改变过去的。"

白昼噩梦

最初，这起凶杀案看似很简单。但这是自罗德·卡奎尔在木卫四的第三区担任中尉警官 5 年来的第一起谋杀案，这可糟糕透了。

三区以这一纪录为傲，或者说以前一直以此为傲，现在这个纪录被终结了。

但在事情结束之前，没有人会比卡奎尔更希望这仅仅是一桩简单的谋杀案，而非一起影响宇宙安定的重大事件。

事情的开头是这样的：当办公室里的蜂鸣器响起时，罗德·卡奎尔抬起头看向可视电话的屏幕。

在屏幕上，他看到了木卫四第三区摄政王巴尔·马克森的形象。

"早上好，摄政王！"卡奎尔愉快地说道，"昨晚你发表的那篇演讲很精彩。"

马克森打断了他。"谢谢你，卡奎尔，"他说，"你认识威廉·迪姆吗？"

"那家图书影像店的老板？嗯，有点熟悉。"

"他死了。"马克森告诉他，"似乎是一起凶杀案。你最好过去看看。"

卡奎尔刚想提问，对方就从屏幕上消失了。他站起身来，系紧了腰间的短剑。

木卫四的凶杀案？这似乎不大可能发生，但如果确实发生了，他得非常迅速地赶到那里，因为他想在尸体被送去焚化前看上一眼。

在木卫四，人死后尸体的保存时间决不会超过一小时，因为海尔拉孢子每时每刻都存在于薄薄的大气中。它们对活体组织当然是无害的，却会极大地加快所有动物尸体的腐烂速度。

卡奎尔中尉气喘吁吁地赶到图书影像店时，首席医务官斯基德正从商店前门走出来。

医生用拇指指了指背后的方向。"如果想看一眼，最好赶紧。"他对卡奎尔说，"他们正从后门带走尸体。但我已经检查……"

卡奎尔从他身边跑过去，赶到商店后门处，有一个身穿白色制服的勤务员站在那儿。

"嗨，伙计们，让我看看。"卡奎尔尖声喊道，同时拉开盖在担架上的布罩。

他感到有些恶心，但尸体的身份或死因并无可疑之处。他曾满怀希望，希望事实最终会证明这是一起意外死亡。但尸体的头骨被劈开，从头顶直达眉心处——这一击是由一名强壮男子用重剑所致。

"中尉，我们最好快点。距离发现他已经将近一个小时了。"

卡奎尔的嗅觉证实了这一点。他迅速盖好布罩，让勤务员继续走向停在门外的、闪亮的白色卡车。

他思索着，走回商店，四处看了看。一切似乎井然有序，商品架整齐地排列着，另一侧的一排隔间——有的里面配有专为购书者提供的放大器，而其他隔间则配备着投影仪，方便微缩胶卷爱好者使用——排列得整整齐齐，却都是空的。

一群人好奇地聚集在门边，一名叫布雷格的巡警将他们挡在商店外。

"嘿，布雷格！"卡奎尔说道，巡警走进来并关上了门。

"中尉，怎么了？"

"你了解这事吗？谁发现的，发生时间之类的？"

"我发现的，将近一个小时前。我正在巡逻时听到了枪声。"

卡奎尔茫然地看着他。

"枪声？"他重复道。

"对。我跑进去，就看到他已经死了，周围没有人。我知道没有人从前门出来，所以我跑到后门，在那里也没看见任何人。所以我就回来打电话了。"

"打给谁？你为什么不直接给我打电话呢，布雷格？"

"对不起，中尉。但我当时很兴奋，不小心按错了按钮，联系了摄政王。我告诉他有人枪击了迪姆，他让我保持警惕，说会派医务人员、勤务员以及您过来。"

真是这样吗？卡奎尔表示怀疑。但显然是这样的，因为卡奎尔是最后一个到达现场的人。

但他抛开了这个问题，想到了更关键的问题——是布雷格听到枪声的。这没有道理，除非——不，那也太荒谬了。如果威廉·迪姆是被枪击的，医务人员在尸检时就不会切开他的头颅。

"布雷格，你说的枪声是什么样的？"卡奎尔问道，"是指传统的爆能武器吗？"

"是的。"布雷格说，"你不是看过尸体吗？就在心脏上方有个洞。我猜是子弹打出来的。我以前从没见过爆能枪。我不知道木卫四还有人持这种武器。甚至早在脉冲枪出现之前，爆能枪就被禁止了。"

卡奎尔缓缓地点头。

"你……你没有看到其他的……呃……伤口？"他继续追问。

"当然没有。为什么会有其他伤口呢？一个穿透心脏的洞就足以致命了，对吧？"

"斯基德医生去了哪里？"卡奎尔询问道，"他说过吗？"

"是的。他说您要看他的报告，所以他回办公室等您了，或者等您打电话给他。中尉，我需要做些什么吗？"

卡奎尔思考了一会儿。

"我要去隔壁打个可视电话，布雷格——我会关注这个案件的。"

卡奎尔最后吩咐这名巡警："再找三个警员，一起搜索这个街区，给每个人做笔录。"

"您的意思是，询问他们是否看到有人从后门逃走，是否听到枪声，以及类似的情况？"布雷格问道。

"是的。还要询问他们是否知道关于迪姆的任何事情，或者谁可能有动机——射杀他。"

布雷格敬了个礼，然后离开了。

卡奎尔用可视电话联系了斯基德医生。"你好，医生，"他说，"说吧。"

"检验结果跟现场情况一致，罗德。确实是爆能枪，近距离射击。"

罗德·卡奎尔中尉努力控制着自己。"再说一遍，医生。"

"怎么了？"斯基德问，"你之前没见过爆能枪枪击案吗？我猜你恐怕没有见过，罗德，你还是太年轻了。但50年前，当我还在上学时，偶尔会见到。"

"它是如何致人死亡的？"

斯基德医生很是诧异："哦，你没赶上清理人员清理现场吗？我以为你已经见过了。左肩所有的皮肤和肌肉被烧掉，骨头被烧焦。实际死因是休克——子弹并没有击中关键部位。当然，不是说那种烧伤本身不致命，但休克瞬间夺走了他的生命。"

这就是一场梦，卡奎尔告诉自己。

"梦中发生的事情，无须有意义。"他想，"但我并非在做梦，这是真实的。"

"尸体上还有其他伤口或痕迹吗？"他缓缓地问道。

"没有。罗德，我建议你集中精力搜查那把爆能枪。如果必要的话，搜索整个三区。你知道爆能枪的样子，对吧？"

"我看过图片。"卡奎尔说，"爆能枪击发时有声音吗，医生？我从未见过爆能枪开火。"

斯基德医生摇了摇头："只有强光和嘶嘶声，没有爆炸声。"

"人们不会认为是枪声吗？"

医生盯着他看。"你是指爆能枪吗？当然不会。只有微弱的嘶嘶声，10 英尺之外都听不到。"

卡奎尔中尉挂断可视电话后坐下，闭上眼睛沉思。三个观察结果——他本人的、巡警的及医生的——是互相矛盾的，他必须以某种方式弄清楚这是怎么回事。

布雷格是第一个看到尸体的人，他说心脏上方有个洞，并没有其他伤口，还有，他听到了枪声。

卡奎尔想，如果布雷格在撒谎呢？可这说不通。因为根据斯基德医生的说法，心脏那里并没有洞，是爆能枪造成的伤口。

斯基德是在布雷格之后见到尸体的。

至少，在理论上，可能有人在这个时间段内使用了爆能枪，枪击一个已经死去的人。但是……

但这并不能解释头部的伤口，也无法解释医生为什么没有看到弹孔。

不过，至少在理论上，从斯基德进行尸检，到罗德·卡奎尔亲眼见到尸体的这段时间里，有人可能用剑来砍死者的头骨。但是……

但这并不能解释为什么当他从担架上揭开盖着尸体的布罩时，没有看到烧焦的肩膀。他可能漏掉了弹孔，但是如斯基德所述，他绝对不会忽略死者肩膀的状况。

他反复思量，再三权衡，最后，他明白只有一种解释能说得通：无论由于哪种疯狂的原因，就是首席医务官在撒谎。当然，这意味着罗德·卡奎尔忽略了布雷格见到的枪孔，但这是有可能的。

但是，就算斯基德撒谎了，这同样疑点重重。斯基德有可能在尸检时劈开尸体的头部，也有可能谎称尸体的肩部有烧伤痕迹。但除非这个人疯了，否则他为什么要做这些事情呢？卡奎尔无法给出答案，但只有如此推断，这一切才说得通。然而，尸体已经被处理掉了。这些不能成为他指控斯基德医生的证据……

等等！还有两名勤务员。他们在将尸体放到担架上时，应该见过尸体。

卡奎尔迅速站起来，打开可视电话，联系后勤总部。

"不到一个小时前，从 9364 号店铺带走一具尸体的两名勤务员——他们回来报到了吗？"他问道。

"中尉，请等一下……是的，其中一人下班回家了，另一位还在这里。"

"让他接电话。"

罗德·卡奎尔认出了走进屏幕的那个男子，就是让他快点的那位。

"中尉，您好！"那人说。

"你有没有帮忙把尸体抬上担架？"

"当然有。"

"你觉得死者的死因是什么？"

穿白制服的男人惊讶地望着屏幕。

"您在开玩笑吧，中尉？"他咧嘴笑着，"就连一个白痴也能看出那具僵硬的尸体有什么问题。"

卡奎尔皱起了眉头。

"尽管如此，大家的陈述依然有矛盾之处。我想听听你的意见。"

"意见？中尉，当一个人的脑袋被割掉时，他还能死于什么？"

卡奎尔强迫自己平静下来，说道："跟你一起的那个人能够确认你的说法吗？"

"当然能。天哪！我们是分两次把尸体放在担架上的。我们俩负责尸体的躯干，然后沃尔特捡起头颅放在躯干旁边。这是用分解射线干的，对吧？"

"你跟另一个人讨论过吗？"卡奎尔问，"在……嗯……细节上你们之间有没有分歧？"

"事实上，我们有。这就是我问您是不是分解射线的原因。在我们火化尸体后，他试图告诉我，参差的切口像是有人用斧头或者什么东西连续砍了好几下造成的，但其实切口是平整的。"

"你有没有注意到头骨顶部有受到击打的痕迹？"

"没有。嗯，中尉，您的脸色看起来不太好，有什么问题吗？"

这就是罗德·卡奎尔现在面临的局面，也难怪他希望这只是一宗简单的谋杀案。

几个小时前，木卫四的谋杀案零纪录被打破，看起来已经够糟糕了。但这还不是最糟的。当时他并不知道，情况会变得更糟，而那只是开始而已。

现在是晚上8点，卡奎尔仍然待在办公室里，办公桌上放着一份812号表格的副本。表格上有一些问题，看起来似乎很简单。

死者姓名：威廉·迪姆
职业：图书影像店老板
住址：木卫四第三区8250号公寓
营业场所：木卫四南街9364号店铺
死亡时间：木卫四标准时间下午3点左右

死因：

　　是的，前5个问题很容易回答。但第6个问题呢？他已经盯着那个问题看了一个小时了。虽然木卫四的时间不如地球时间那么长，但你盯着这样一个问题看上一个小时，也确实够久了。

　　但该死的，他必须写点什么。

　　于是，他伸手按下了可视电话的按钮。片刻之后，简·戈登出现在屏幕上看着他。罗德·卡奎尔也看着她，因为她让人感觉赏心悦目。

　　"你好，艾丝苏！"他说，"恐怕今晚去不了了，能原谅我吧？"

　　"当然，罗德。怎么了？迪姆的事情吗？"

　　他郁闷地点了点头。"文书工作。我必须完成一堆报表和表格，要交给区域协调员。"

　　"哦。罗德，他是怎么死的？"

　　"第56条规定，"他笑着说，"禁止在刑事案件侦破之前向平民透露案件细节。"

　　"见鬼去吧，那条规定。爸爸跟威廉·迪姆是老熟人了，他经常来我们家做客。迪姆先生算是我们的朋友了。"

　　"算是？"卡奎尔问道，"艾丝苏，我觉得你不太喜欢他，对吧？"

　　"嗯……我想我是不喜欢他。他说话很有趣，但他是一个刻薄的家伙，罗德。我觉得他有一种变态的幽默感。他是怎么死的？"

"如果我告诉你，你可以答应不再问别的问题吗？"卡奎尔问道。

她很兴奋，两眼放光。"当然可以。"

"他被枪击致死，"卡奎尔说，"用的是一种爆破型枪和爆能弹。有人用剑劈开了他的头骨，用斧头和分解射线砍下了他的头颅。然后在他被放上急救担架后，又有人把他的头重新接上。因为当我看到他时，他的头跟身子是连在一起的。然后有人把弹孔堵上了，另外……"

"罗德，别胡说八道了。"女孩插话道，"如果你不想告诉我，那就算了。"

卡奎尔咧嘴笑道："别生气。你爸爸怎么样了？"

"好多了。他现在睡着了，情况明显有所好转。我觉得他下周就能回大学去了。罗德，你看起来很累。那些表格什么时候要上交？"

"案件发生后 24 小时内。但是……"

"没有但是。快来我这里，马上。明天早上再填那些表格吧。"

她冲他微笑，卡奎尔投降了。

"好吧，艾丝苏。"他说，"不过我要先去一趟巡逻队。之前派了一些人去调查凶杀案发生的街区，我想拿到他们的报告。"

但是等他拿到那些报告时，并没有发现什么有启发性的内容。调查非常彻底，但未能获取任何有价值的信息。在布雷格到达之前，没人看到有人离开或进入迪姆的商店，迪姆的邻居也不知道他可能有什么仇人。没有人听到枪声。罗德·卡奎尔咕哝着，把报告塞进口袋里。在走向简·戈登家的路上，他想，接下来的调查又该怎么进行呢？一个侦探会怎么侦破这样一个案件呢？

　　没错，几年前，他在还是地球上的一名大学生时，听过不少侦探故事。通常，侦探会通过发现证词中的矛盾来设下陷阱，并且往往是以相当戏剧化的方式来设置。

　　威尔德·威廉姆斯是所有侦探小说中最伟大的侦探，他能够看透一个人，仅凭这个人外衣的裁剪风格和手的形状，就能推断出这个人的一切。但威尔德·威廉姆斯从未遇到过现在这种情形，即有多少个证人，受害者就有多少种被杀害的方式。

　　他与简·戈登愉快地度过了几个小时，但毫无所获。他再次向她求婚，但被再次拒绝。好在他已经习惯了。今晚她比平时更冷淡，可能是因他不愿谈论威廉·迪姆的事而感到愠怒。

　　他回到家，上床睡觉。

　　灯灭后，从公寓的窗户里，他可以看到巨大的木星低垂在天空中，午夜的天空是墨绿色的。他躺在床上凝视着木星，闭上眼睛后，似乎还能看到它。

威廉·迪姆，已故。他要怎么处理威廉·迪姆的案子呢？思来想去，最终他从一团乱麻中理出一个有意义的思路。

第二天早上，他会去找斯基德医生聊聊。他不会提尸体头部的剑伤，而是会提布雷格声称在心脏上方看到的弹孔。如果斯基德坚持死者身上只有爆能弹的灼伤，他会传唤布雷格，让他与医生质证。

然后……嗯，他会担心到那儿后该怎么办。这样一来，他再也睡不着了。

然后他又想到了简，于是就渐渐地进入梦乡了。

过了一会儿，他开始做梦。那是梦吗？如果是，那么他梦见自己躺在床上，半梦半醒，黑暗中，整个房间的各个角落都传来窃窃私语声。

因为巨大的木星现在已经越过天空，只能看到窗户模糊的轮廓，房间的其余部分则被完全笼罩在黑暗中。

耳边传来窃窃私语声。

"杀了他们！"

"你恨他们！你恨他们！你恨他们！"

"杀！杀！杀！"

"第三区做了所有的工作，所有功劳却给了第二区。他们剥削我们科尔拉种植园的人。他们是邪恶的。杀了他们！接管种植园！"

"你恨他们！你恨他们！你恨他们！"

"第二区都是些软蛋和高利贷者。他们身上带着肮脏的火星血统。让他们流血，流干火星血液吧！木卫四应该由第三区统治。'3'是个神秘的数字。我们注定要统治木卫四。"

"你恨他们！你恨他们！"

"杀！杀！杀！"

"有着火星血统的高利贷恶棍！你恨他们！你恨他们！你恨他们！"

耳边传来窃窃私语声。

"马上！马上！马上！"

"杀了他们！杀了他们！"

"穿过190英里的平原。驾驶单轮汽车一个小时就能到达。偷袭他们。马上！马上！马上！"

罗德·卡奎尔正在起床，他没有开灯，匆忙地摸索着去穿衣服。因为这是一个梦境，梦境都是在黑暗中的。

他的剑插在腰带上的剑鞘里，他拔出剑，感受着剑刃的锋利，随时准备着让敌人流血。

现在，剑光飞舞，血流遍野，那不沾血的剑——这把剑曾经作为他的职位和权威的象征。他从未一怒之下而拔剑。这把短短的象征之剑，不足18英寸长，但足够了，足以到达心脏——14英寸长就能到达心脏。

窃窃私语声又响了起来。

"你恨他们！你恨他们！你恨他们！"

"流出邪恶的血吧！杀！流血！杀！流血！"

"马上！马上！马上！"

五指紧握出鞘的剑，卡奎尔无声地走出了门，穿过旁边的公寓门口，走下楼梯。

还有一些门也被打开了。他并不是在黑暗中独自行动。其他身影在黑暗中与他并肩行走。

他偷偷走出大门，进入黑黢黢的街道，空气微凉，本应灯火通明的街道一片黑暗。这再次证明他身处梦境。天黑以后，这些路灯绝不会熄灭。从黄昏到黎明，它们绝不会熄灭。

但是，天边的木星发出的光芒足以让他看见周围的一切。它像一条盘在天空中的巨龙，红色的斑点宛如一只邪恶的、不怀好意的眼睛。

黑暗中，传来窃窃私语声，来自四面八方。

"杀！杀！杀！"

"你恨他们！你恨他们！你恨他们！"

这些低语声并非来自他周围的黑影。他们跟他一样静静地前行。

窃窃私语声来自夜晚本身，现在逐渐变化了语气。

"等等！今晚不行！今晚不行！今晚不行！"

"回去吧！回去吧！回去吧！"

"回到你们的家中！回到你们的床上！回到你们的梦乡吧！"

而他周围的身影就静立在那儿，和他一样犹豫不决。然后，他们不约而同地开始听从低语声的命令。他们转过身，原路返回，一如他们先前来时那样无声无息。

罗德·卡奎尔略感头痛，恰如宿醉。太阳虽小却灿烂，已经高高挂在天上。

他看了一眼时钟，发现比平常醒得要晚一些，又赖了几分钟床，记起了夜间做的那个疯狂的梦。这就是梦。醒来后，在你完全清醒之前，必须立刻回忆一下，否则就会完全忘记它。

那真是个很傻的梦，一个疯狂而毫无意义的梦。或许还带有一丝返祖的意味吧。他竟然回到了以往人们激烈厮杀的日子，回到了战争、仇恨和争霸天下的日子。

在太阳系议会成立之前，他们先后在一个又一个有人居住的行星上开会，然后通过调解和联盟来发布规则。如今，战争已经成为过去。太阳系中适宜居住的部分——地球、金星、火星和木星的两颗卫星——全部接受同一政府的统治。

但是，在那个血腥的旧时代，人们一定会像他在那个原始的梦境中感受到的那样。地球人因为实现了太空旅行而空前团结，之后征服了火星——太阳系中仅有的另一个有智慧种族生活的行星——然后在人类能够立足的所有地方建立了殖民地。

一些殖民地想要独立，并且争夺至高统治权。现在，人们称呼那个时代为血腥世纪。

他起床穿衣时，看到一些让他感到困惑不安的状况。他的衣服并没有像他睡前那样整齐地叠放在床边的椅子上，而是散落在地板上，好像他在黑暗中匆忙脱下衣服，然后随意地扔在地上一样。

"地球！"他想，"昨晚我是否梦游了？我真的起床走出门去，像我梦见的一样吗？像那些窃窃私语声告诉我的一样吗？"

"不对！"然后他告诉自己，"我以前从来没有梦游过，也不会在那个时间出门。或许只是昨晚我脱衣服的时候走神了，当时我在思索迪姆的案子。实际上我并不记得把衣服放在了那把椅子上。"

于是，他迅速穿上制服，匆忙赶往办公室。沐浴在晨光之下，填写那些表格变得轻而易举。他在"死因"一栏写道："法医鉴定：爆能枪伤致死。"

这样他就没有责任了。他并没有说这就是死因，而只说医生认为那是死因。

他按铃叫来一个信使，把报告交给他，并让他送到即将启航的邮轮上。然后他打电话给巴尔·马克森。

"摄政王，关于迪姆家的事情，"他说，"对不起，我们还没有取得任何进展。没人看见离开那家商店的人。所有邻居都被盘查过了。今天我准备去找他的每一个朋友聊聊。"

摄政王马克森摇了摇头。

"中尉，要全力以赴。"他说，"这个案子必须侦破。在当今这个时代，发生谋杀已经够糟了，而无法侦破一宗谋杀案更是不可思议。这将无法震慑罪犯。"

卡奎尔中尉黯然地点了点头。他也考虑过这一点。需要担心谋杀案的社会影响——另外还要考虑他的工作职位。一个警官，若是让发生在他辖区内的谋杀案的凶手逍遥法外，那么他的职业生涯就完了。

按下按键，摄政王的形象在屏幕上消失之后，卡奎尔从办公桌的抽屉里拿出迪姆朋友的名单，开始仔细研究。主要是研究按什么顺序给他们打电话。

他在佩里·彼得斯的名字旁用铅笔写了个"1"，主要基于两个原因：首先，从彼得斯的住处到这儿，只隔几扇门；另外，他比名单上的任何人（或许除了詹·戈登教授）更了解佩里。他将与戈登教授的会面安排在最后，是因为时间越靠后，患病的戈登教授清醒过来的概率越大——他女儿简在家的概率也越大。

看到卡奎尔，佩里·彼得斯很高兴，立刻就猜到了他来这里的目的。

"你好，夏洛克。"

"你说什么？"卡奎尔问道。

"夏洛克——伟大的侦探。罗德，警察生涯中第一次遇到一宗谜案，你已经解决了吗？"

"是福尔摩斯，你这个笨蛋——福尔摩斯。不，如果你想知道的话——我还没有解决。佩里，跟我说说，你对迪姆了解多少？你很了解他，对吧？"

佩里·彼得斯若有所思，摸了摸下巴，坐在工作凳上。他高高瘦瘦的，可以直接坐在上面，而不必跳上去。

"威廉是个古怪的家伙，"他说，"很多人不喜欢他，因为他说话带刺，而且政治见解比较极端。我呢，我不确定他的看法是否正确，但是他的国际象棋水平一流。"

"那是他唯一的业余爱好吗？"

"不，他喜欢制作东西，主要是一些小玩意儿。其中有几样还不错，尽管只是为了好玩，并没有试图去申请专利或者赚钱。"

"你是指发明吗，佩里？跟你同一个领域吗？"

"嗯，倒不算是发明，就是些小东西，罗德。大部分都是些小玩意儿。他比较擅长精巧的工艺，而非提出创造性的想法。就像我说的，这只是他的兴趣爱好罢了。"

"他为你的发明提供过帮助吗？"卡奎尔问道。

"当然，他偶尔会帮忙。不过，他在创意方面并没有给我太多帮助，而是帮我制作复杂的部件。"佩里·彼得斯挥了挥手，指向摆在工作室里的一些部件。

"我这里的工具大多用于粗加工，精度在千分之一以下的一件都没有。但是威廉有一台非常好用的小车床。什么都能切割，精度达到了五万分之一。"

"佩里，他有仇人吗？"

"我不知道，真的，罗德。虽然很多人不喜欢他，但只是轻微的厌恶，这很常见。你知道我的意思，就是因为这种不喜，顾客会改去别的书店，但不会强烈到让他们想杀人。"

"你认为谁会从他的死中获益？"

"嗯……据我所知，没有人能从中获益。我听说他的继承人是他侄子，住在金星上。我见过他一次，他是个和蔼可亲的家伙。但是据我猜测，他的遗产也不会太多。我猜也就几千个积分而已。"

"这是他的朋友名单，佩里。"卡奎尔递给佩里一张纸。"看看，你能不能想到其他人，或者提点建议。"

瘦高个子发明家仔细地看了一遍名单，然后递了回去。

"我想所有人都在上面了。"他告诉卡奎尔，"有一对夫妇，我不认识，但他们很熟悉，值得列出来。而且，你也列出了在他的店里大量购物——他最重要的顾客。"

卡奎尔将名单放回口袋里。

"你现在在忙什么呢？"他问佩里。

"我被难倒了，"发明家说道，"我需要迪姆的帮助，至少需要用他的车床，才能继续我的工作。"他从工作台上拿起一副护目镜，罗德·卡奎尔从未见过这么奇特的护目镜。镜片不是正圆，而是弧形的，用一条弹性塑料带扣住，目的是让镜片周围紧密贴合面部。在护目镜顶部中央、靠近佩戴者额头的位置，是一个直径一英寸半的圆柱形小盒子。

"这到底是做什么用的呢？"卡奎尔问道。

"用于开采放射性矿石。天然放射性矿物散发的辐射会迅速破坏任何已知的透明物质，包括石英。它对裸露的眼睛也不利。矿工们工作时必须蒙住眼睛，仅凭触觉工作。"

罗德·卡奎尔好奇地看着护目镜。

"佩里，这些奇怪形状的镜片怎么能保护他们免受辐射伤害呢？"他问道。

"顶端部分是一个微型电机。它控制着几个特殊涂层擦拭器在镜片上移动。就像老式汽车雨刮器一样，所以镜片的形状类似雨刮器臂。"

"哦，"卡奎尔说道，"你的意思是擦拭器也是液体吸附剂，具有保护玻璃的作用？"

"没错，只不过是石英而不是玻璃。保护时间只有极短的一瞬间。这些擦拭器的动作极快——快到你戴着护目镜时根本看不见它们。擦拭器臂只有弧形镜片的一半大小，佩戴者一次只能从镜片的一小部分看出去。虽然比较昏暗，但也能看得清楚，这使得放射性矿物开采的效率提高了 10 倍。"

"很好，佩里。"卡奎尔说道，"为了更好的视觉效果，他们可以大幅增加亮度。你试验过这些东西吗？"

"试过，有效果。问题在于擦拭器杆。摩擦会使杆子发热膨胀，工作一分钟左右就卡住了。我得用迪姆的车床或者类似的工具，把杆子变细些。你能安排我用一下他的车床吗？一天就好。"

"我不觉得这有什么问题，"卡奎尔告诉他，"我会跟摄政王任命的执行官谈一谈，让他帮你。之后，你或许可以从他的继承人那里买下这台车床。只是他的侄子对这类东西感兴趣吗？"

佩里·彼得斯摇了摇头。"不，他的侄子连车床和钻床都分不清。罗德，如果你能安排让我用一下，那就太好了。"

卡奎尔转过身准备离开，但是佩里·彼得斯拦住了他。

"等一下。"彼得斯说。然后停顿了一会儿，显得有些尴尬。

"罗德，其实我一直对你隐瞒了一件事情。"这位发明家终于开口了，"关于威廉的事情，我只知道一件，可能与他的死有关，尽管我个人看不出有什么关系。我在他活着时没有告诉你，因为我不想给他惹麻烦，现在是时候了。"

"什么事，佩里？"

"出售非法政治书籍。他偷偷卖这些书，量不大。书籍都是目录上列出来的——你知道我指的是什么。"

卡奎尔轻轻地吹了声口哨。"我不知道。在议会颁布极其严厉的处罚令之后，他们竟然还在出版这些书！"

"罗德，人类都是有好奇心的。他们当然想了解那些不应该知道的——只是，他们为什么不应该知道呢？如果没有其他理由的话。"

"佩里，是灰目录还是黑目录里的书？"

这时，发明家看起来有些茫然了。

"我不明白。两者有什么区别？"

"官方目录上的书分为两类，"卡奎尔解释道，"黑目录中收录的是真正危险的书，持有一本就会受到严厉的惩罚，而写一本或印一本会被处以死刑。危险程度较低的书收录在他们所说的灰目录中。"

"我不知道威廉卖的是哪种。好了，就当我没说过。我看过他借给我的几本书，觉得非常乏味，都是些非正统的政治理论。"

"那应该是灰目录中的。"卡奎尔看起来松了口气。"理论性的书籍都在灰目录中。黑目录中的书籍传播的是实用的危险知识。"

"比如说？"发明家盯着卡奎尔，目不转睛。

卡奎尔解释道："制造违禁物品的说明书，比如莱塞特。莱塞特是一种极其危险的毒气。仅仅几磅的莱塞特就足以毁灭一座城市，所以议会禁止制造，任何指导人们自行制造该毒气的书籍都会被列入黑目录。有些蠢货千方百计地要弄到这本书，他们可能会摧毁自己的家园。"

"但人们为什么要这样做呢？"

"这个人可能是精神变态，心怀不满。"卡奎尔解释道，"他也可能企图把犯罪行为控制在较小范围内。又或者——天哪，他可能是一个政府首脑，企图吞并邻国。这样的知识可能会破坏太阳系的和平。"

佩里·彼得斯若有所思地点了点头。"我明白你的意思了。"他说道，"嗯，我仍然看不出这与谋杀有什么关系，但我想告诉你威廉的副业。在商店接管者重新开业前，你可能要检查一下他的库存。"

"我们会的。"卡奎尔说，"非常感谢你，佩里。如果你不介意，我现在就用你的可视电话开始布置搜查工作。如果发现任何黑目录里的书籍，我们会妥善处理的。"

电话接通，秘书出现在屏幕上。秘书见到他，显得既紧张又欣慰。

"卡奎尔先生，"她说道，"我一直在努力联系您。发生了一件可怕的事，又是一起命案。"

"还是谋杀吗？"卡奎尔倒吸一口凉气。

"目前还不能确认，"秘书说道，"有十几个人看到他从 20 英尺高的窗户跳下。通常，从这样的高度跳下并不会死亡，但等这些人赶到时，他已经死了。其中有 4 个目击者认识他。这个人是……"

"噢，该死！是谁？"

"卡奎尔中尉，我不知道怎么回事，但这 4 个人都说那是威廉·迪姆！"

匆忙赶到现场的罗德·卡奎尔中尉，背脊一阵发凉，仿佛置身于虚幻的梦境。他的目光越过首席医务官的肩膀，向下望去，看见了躺在担架上的尸体，那些护送人员不耐烦地站在一旁。

"医生，你最好快点，"其中一位对他们说，"他撑不了多久了，我们赶到医院需要 5 分钟。"

斯基德医生不耐烦地点了点头，低着头继续检查。"罗德，没有伤痕，"他说，"没有中毒的症状。一点痕迹都没有。但是他死了。"

"是坠楼导致他死亡的吗？"

"坠楼没有造成任何擦伤。我能下的唯一结论是心脏衰竭。好了，伙计们，你们可以把他带走了。"

"你那边怎么样，罗德？"

"我的工作也完成了，"卡奎尔说，"你们抬走吧。斯基德，这两个死者谁才是威廉·迪姆？"

医生注视着护送人员抬着裹有白布的担架朝卡车走去，他无奈地耸了耸肩。

"中尉，我想这事就得交给你了，"他说，"我能做的就是确认死因。"

"这根本不合理啊，"卡奎尔哀叹道，"三区并不算大，他不可能在这里以另一个身份生活却无人知晓。但其中必然存在一个替身。你个人认为哪个才是真正的他？"

斯基德医生郁闷地摇了摇头。

"威廉·迪姆的鼻子旁长了一个形状特别的疣，"他说，"罗德，这个特征，他的两具尸体上都有。可是，我敢拿我的职业声誉担保，两者都没有经过伪造或化妆。不过，跟我回办公室吧，我会告诉你其中哪个是真正的威廉·迪姆。"

"啊？怎么确认？"

"他的指纹在税务部门有备案——所有人都有备案。而在木卫四，对尸体提取指纹是例行之事，因为尸体必须迅速销毁。"

"你有两具尸体的指纹吗？"卡奎尔问道。

"当然。两次都在你到达现场之前就拍摄了。威廉的指纹照片——我是说另一具尸体的，在我的办公室。这样吧，你去税务局调取档案上的指纹记录，然后在那里等我。"

卡奎尔说"好"，终于松了口气。至少有一个问题会得到澄清——那具尸体是谁的。

这种稍稍愉悦的心境保持了半个小时。然后，他和斯基德医生比较了三枚指纹——卡奎尔从税务局拿到的指纹，以及两具尸体的指纹。

三枚指纹完全一致！

"嗯，"卡奎尔说，"斯基德医生，你确定这些指纹没弄混吧？"

"我怎么可能弄混呢，罗德？每具尸体我只拿了一个副本。即便刚才看这些照片时我弄混了，那结果也是一样的，因为这三枚指纹并无不同。"

"但这怎么可能呢？"

斯基德耸了耸肩。

"我想我们应该直接向摄政王汇报这事。"他说，"我会打电话给他并安排一个会面，好吗？"

半小时后，他向摄政王巴尔·马克森讲述了整个案件，斯基德医生在旁做证。看到摄政王马克森的表情，中尉罗德·卡奎尔感到非常高兴，因为自己有指纹这个证据。

马克森问道："把这件事交给区域协调员负责，另派一个特别调查员去那里接管你的工作，你同意吗？"

卡奎尔勉强点了点头。"我不愿意承认自己无能，或者显得无能，摄政王，"卡奎尔说，"但这不是一起普通的刑事案件。无论发生了什么，都超出了我的能力范围。而且，这背后可能有比谋杀更加险恶的用心。"

"你说的没错，中尉。我会从总部安排一个合适的人，今天就过去，他会跟你联系的。"

"摄政王，"卡奎尔问道，"人类是否曾经拥有这样一个发明或方法，可以用来……呃……复制一个人的身体，无论能否同时复制思维？"

马克森似乎无法回答这个问题。

"你认为迪姆可能是跟一些伤害他的东西勾搭在一起吗？不，据我所知，从来没有那样的发明。如果不使用建构性仿制，没有人可以被复制，甚至一个非生命体也不行。你也没有听说过这样的事情，对吧，斯基德？"

"对的，没有。"医生说，"我认为就连你的朋友佩里·彼得斯也做不到，罗德。"

从摄政王马克森的办公室出来后，卡奎尔来到了迪姆的商店。布雷格是搜查商店的负责人，他帮忙仔细搜查了这个地方。这项工作耗时且费力，因为每本书和每卷盒带都必须细查。

卡奎尔知道非法书籍印刷商擅长伪装他们的产品。通常情况下，违禁书籍也有封面和扉页，甚至经常加入某部流行小说的头几章作为掩护，而影像盒带也会进行类似的伪装。

他们检查完这一切时，外面已经黑下来了，只有木星高挂天空。罗德·卡奎尔知道他们的搜查已经非常彻底了。店里找不到一本黑目录中的书，每盒影像带也都在放映机上放过一遍。

根据罗德·卡奎尔的命令，其他人还在迪姆的公寓里进行了同样彻底的搜查。他给他们打了电话，搜查也是一无所获。

"甚至连一本金星传单也没有。"从搜查公寓的负责人的声音中，卡奎尔听到了一丝遗憾的意味。

"你们有没有找到一台用于精密加工的小车床？"卡奎尔问道。

"嗯……没有，我们没有看到。倒是有个房间变成了车间，但里面没有车床。这很重要吗？"

卡奎尔"嗯"了一声，不置可否。对于这样一个案子来说，再多一个谜团，而且还是一个微不足道的谜团，又算得了什么呢？

"好了，中尉，"屏幕变黑之后，布雷格说，"现在我们该怎么办？"

卡奎尔叹了口气。

"你可以下班了，布雷格，"他说，"但首先得安排人守在这儿和公寓。你派人来接替我，然后我再走。"

当布雷格离开后，卡奎尔疲惫地坐在离他最近的椅子上。他感觉身体不适，脑子似乎也不太灵光了。他的目光再次在商店里整齐的货架上游走，这种井然有序让他感到压抑。

如果能有一丝线索该多好啊。威尔德·威廉姆斯从未遇到过这样的案子，其中唯一的线索是两具完全相同的尸体，一具以 5 种不同的方式被杀死，另一具则没有任何伤痕或暴力迹象。多么混乱啊，接下来他该怎么做呢？

好吧，他还有一份人员名单要调查，今晚至少可以见到其中一人。

他应该再去找找佩里·彼得斯，看看这个瘦高的发明家如何解释车床的消失。也许，他能够对车床到底去了哪里给出建议。但是，车床和这种乱局有什么关联呢？车床不可能制造出一具一模一样的尸体。

或者，应该去找戈登教授？他决定就这么做。

他在可视电话上拨通了戈登家的号码，简出现在了屏幕上。

"艾丝苏，你父亲怎么样？"卡奎尔问，"今晚我能跟他聊会儿吗？"

"噢，可以的。"女孩说，"他感觉好多了，明天就可以回去上课了。你要来的话就早点。罗德，你的样子有点惨不忍睹。你怎么了？"

"没什么，我应该没问题，就是感觉头晕。"

"你看上去又累又饿。你上顿饭是什么时候吃的？"

卡奎尔瞪大了眼睛："天啊！我完全忘记了吃饭。我睡得很晚，甚至连早餐都没吃！"

简·戈登笑出了声。

"你这个傻瓜！那……快点过来吧，我给你准备了一些好东西。"

"可是……"

"可是什么？你多久能到？"

挂断可视电话后一分钟，有人敲门，卡奎尔中尉走到商店的百叶窗门口。

他打开了门。"哦，你好，里斯，"他说，"是布雷格派你来的吗？"

这位警察点了点头。

"他说我要留在这里，以防万一，以防什么呢？"

"例行警卫任务，仅此而已。"卡奎尔解释道，"顺便说一句，我整个下午都在这里抽不开身，有什么特别的事发生吗？"

"有点忙碌。我们一整天都在不断地拦截演讲者。一帮疯子。他们好像患了某种传染病。"

"你说什么！他们为什么那么兴奋？"

"是关于第二区的，至于原因我还说不清楚。他们试图煽动人们对第二区的愤怒情绪，并采取行动。他们的论调就是一派胡言。"

罗德·卡奎尔记忆中的一些不安的东西被唤醒，但他无法清楚地回忆起是什么。第二区？最近老是有人跟他说些第二区的事情——高利贷、黑幕、污血……什么荒唐的事情都有，尽管那边许多人身上的确有火星血统……

"有多少演讲者被逮捕了？"他问。

"我们抓了7个，还有两个溜走了。但如果他们再胡说八道，我们定会将他们揪出来。"

心事重重的卡奎尔中尉慢慢地走向戈登家的公寓，竭尽全力地回忆有关第二区的宣传是在哪里听到的。9名激进分子同时出现，散布同样的言论，背后不可能没有原因。

难道是秘密政治组织？但是近一个世纪以来并不存在这样的组织。现在有一个稳定的星际组织和完全民主的政府，这种活动没有存在的必要。当然，偶尔会有个别怪人不满意，但现在居然有一群人是这种心态，他觉得这很荒诞。

听上去这跟威廉·迪姆案一样疯狂，也同样不合理。事情的发生是偶然的，宛如梦境一般。梦境？他能从梦中忆起什么？昨晚他不是做了一个奇怪的梦吗？是什么来着？然而，正如梦境一样，记忆从他的意识中溜走了。

无论如何，明天他要审问——或协助审问——那些被捕的激进分子。还要派人去调查他们，最后一定能揭晓他们具有何种共同背景或是何种关联。

他们不会是偶然在同一天冒出来的。这种情况很不正常，和一家图书影像店老板死后有两具尸体一样令人感觉不可思议。也许是因为这两起案件都太离奇了，他倾向于将其联系起来。但无论是单独分析还是合并分析，这两起案件都同样令人费解。两个案子放在一起分析，似乎更加不合理。

可恶，当时他为什么不接受木卫三的那个职位呢？木卫三是一个宜人且秩序良好的卫星,那儿的人不会连续两天被谋杀两次。但可惜的是,简·戈登并没有生活在木卫三,她就住在这里的第三区,而他正在去看她的路上。

一切都很美好。但是他感觉太疲倦了,无法清晰思考。另外,简·戈登坚持把他当兄弟而不是追求者。还有,他很可能会失去工作。假如总部派来的调查员发现案子其实很简单,他却没能破案,他就会成为木卫四的笑柄。

简·戈登站在门口迎接他,她今天看起来格外漂亮。她微笑着看他走进室内,之后笑容转为了关切。

"罗德!"她惊呼道,"你好像生病了,病得不轻。你是不是忘了吃饭?你还做了什么?"

罗德·卡奎尔勉强笑了笑。

"陷在死胡同里出不来了,艾丝苏。我可以用你的可视电话吗?"

"当然可以。我给你准备了一些食物。你去打电话,我去端食物。爸爸正在休息。他说你来的时候要叫醒他,等你吃饱了我再去叫他。"

她匆忙地走向厨房。卡奎尔几乎跌坐在可视电话旁的椅子上,给警察局打电话。夜班副警长博格森红扑扑的面孔显示出来。

"嗨,博格森,"卡奎尔说,"听着,你们抓到的那7个怪人,已经……"

"9个。"博格森打断了他,"我们抓到了另外两个,但我倒宁愿没抓到。我们都快疯了。"

"你是指另外两个又试图逃跑吗？"

"不是的。天哪，他们竟然来自首，自己投案，我们无法拒绝他们，因为他们被起诉了。但他们一直都在忏悔。你知道他们在忏悔什么吗？"

"我非常想知道。"卡奎尔说。

"你雇了他们，并且给了他们每人100积分。"

"什么？"

博格森狂笑。"那两个自首的这么说，其他7个也这么说——天哪，我为什么要当警察呢？我曾经有机会去太空站做消防员，结果最后我干了这个。"

"也许我该过去看看他们是否会当面指控我。"

"他们可能会的，但这并不能说明什么，罗德。他们说你今天下午雇了他们，而你整个下午都和布雷格在迪姆的店里。罗德，这个星球疯了。我也是。瓦尔特·约翰逊失踪了。从今天早晨就没见过他。"

"什么？摄政王的机要秘书失踪了？博格森，你在开玩笑吧？"

"我倒希望是开玩笑的。你应该庆幸你没当班。因为没找到马克森的秘书，他已经跟我们大发雷霆好几次了。迪姆案毫无进展，他对此很不高兴，似乎觉得我们应该对此负责。他认为，谋杀案对我们部门的影响实在太糟糕了。那么，罗德，哪一个才是迪姆呢？你知道吗？"

卡奎尔心虚地笑了一下。

"我们现在还分不清，姑且先管他们叫迪姆一和迪姆二吧。"他建议道，"我觉得他们两个都是迪姆。"

"但一个人怎么可能变成两个呢？"

"一个人怎样才能被5种方式杀死呢？"卡奎尔反驳道，"你先回答我，我就告诉你。"

"胡说！"博格森说，接着说了这么一句经典的话作为总结，"这个案子有点蹊跷。"

卡奎尔大笑，笑得眼泪都流出来了。这时，简·戈登过来了，告诉他饭菜已经准备好了。她紧锁眉头地看着他，但脸上满是关切之情。

卡奎尔应了一声，这才发现自己饿极了。他足足吃了平常三顿饭的食物，才感到精力有所恢复。他仍旧头痛，但那只是一个微不足道的小隐患而已。

他们从厨房来到客厅时，虚弱的戈登教授已在那儿等着他们了。"罗德，你看起来弱不禁风啊，"他说，"赶紧坐下，免得摔倒。"

卡奎尔咧嘴一笑。"吃得过多啦。简可是万中无一的好厨师。"

他坐在戈登教授对面的椅子上。简·戈登坐在父亲所坐的椅子的扶手上，卡奎尔盯着她，大饱眼福。一个嘴唇柔软、诱人的女孩，怎么会坚持把婚姻当成一个学术课题呢？一个女孩……

"罗德，我暂时看不出他的死因，不过他出租了政治书籍，"戈登说，"但这不会有什么麻烦，因为可怜的家伙已经去世了。"

卡奎尔记得，佩里·彼得斯告诉他这件事时，跟教授现在的口吻几乎一样。

卡奎尔点了点头。

"教授，我们搜查了他的书店和公寓，但没有找到任何这类书籍。当然，您不会知道是哪类……"

戈登教授微笑着说："罗德，其实我知道。你可别说出去哦——我想你并不会用录音机记录我们的谈话吧——这种书我看过不少。"

"真的吗？"卡奎尔问道，显得吃惊不已。

"孩子啊，永远不要低估一个教育者的好奇心。我想，阅读灰目录中的书籍的恶习，在大学教师这个群体中是最普遍的。哦，我知道鼓励这种书籍的交易是错误的，但一个拥有理性而明智大脑的人，阅读这种书籍时不可能会受到伤害。"

"罗德，父亲自然是拥有理性而明智大脑的人。"简示威似的说，"只是——我讨厌他——他不让我读那些书。"

卡奎尔对她咧嘴一笑。教授说出"灰目录"这个词让他感到欣慰。

毕竟，租借灰目录中的书籍只是一种轻罪。

"罗德，你有没有读过灰目录中的书？"教授问道。卡奎尔摇了摇头。

"那你可能从来没有听说过催眠术。迪姆案中的一些情况——我一直在想是否用到了催眠术。"

"教授，很抱歉我甚至没听说过催眠术。"

那位瘦弱的教授叹了口气。

"那是因为你从来没有读过违禁书籍，罗德。"戈登说，"催眠术是通过一种思维去控制另一种思维，在被取缔前已经发展到一个相当高的水平。你没听说过卡普里利安教团或瓦加斯之轮吗？"

卡奎尔摇了摇头。

"灰目录中有几本书中是关于催眠术历史的。"教授说，"实际的操作方法，以及如何建造瓦加斯之轮，在黑目录中都被列为非常严重的违法行为。当然，这些内容我没读过，但我读过它的历史。

"18 世纪时，一个名叫梅斯麦尔的人，即使不算发明者的话，也是催眠术的最早实践者。到了 20 世纪，人们已经掌握了相当多这方面的知识——而且它在医学中得到了广泛应用。

"100 年后，医生通过催眠术治疗的病人几乎和通过药物及手术治疗的病人一样多。当然，也有催眠术滥用的案例，但数量相对较少。

"然而，又过了 100 年，一场巨大的变革发生了。梅斯麦尔催眠术发展得太快，已经危及了公共安全。任何掌握这门技术的罪犯或自私的政客都可以肆意使用。他可以永远欺骗所有人，并逃脱惩罚。"

"你是说他真的可以控制人们的想法吗？"卡奎尔问道。

"不仅如此，他还可以让人们做任何他想让他们做的事。有了电视后，一个演讲者可以直接面对数百万人发表讲话，从而进行大规模催眠。"

"但政府难道不能对这种技术加以规范吗？"

戈登教授微微一笑。"怎么可能呢？立法者也是人类，同样容易被催眠，就像他们所统治的人一样。而更加复杂的是瓦加斯之轮的发明。

"早在 19 世纪时，人们就知道，一组移动的镜子可以让任何注视者陷入催眠状态。到了 21 世纪，人们已经开始尝试思维传输技术。在接下来的一个世纪，瓦加斯把这两种技术加以结合，形成了瓦加斯之轮。实际上，它就是一种头盔装置，顶部配备了一组特制的诱导镜。"

"这个头盔是怎么工作的呢，教授？"卡奎尔问道。

"戴上瓦加斯之轮头盔的人能够立即自动地操控任何看到他的人——无论是直接看见，还是在电视屏幕上。"戈登说道，"装在可以转动的小轮上的镜子，能够让人瞬间陷入催眠状态，而头盔——不知怎样地——通过轮子传递佩戴者的思维，让受控者接收到他想传递的任何念头。

"事实上，无论是头盔本身还是轮子，都可以经过设置而产生某些固定的幻象，无须操作者说话，甚至无须专注于这些镜子。也可以说,'控制'可以直接来自他的思想。"

"哦,天哪!"卡奎尔说,"这样的东西——我完全理解为什么瓦加斯之轮的制造方法被列入黑目录了。天啊!一个拥有这种轮子的人可以……"

"几乎可以做任何事情。包括杀死一个人,并让5个观察者眼中呈现出5种不同的死亡方式。"

卡奎尔轻轻吹了一声口哨。"包括和激进分子玩九子跳棋——甚至他们不是激进分子也没关系,只要是普通的正式公民就好。"

"九子跳棋?"简·戈登问道,"罗德,这是怎么回事?我之前从没有听说过。"

但卡奎尔已经站起身来。

"现在没时间解释了,艾丝苏。"他说,"明天告诉你,但现在我必须回去——教授,关于瓦加斯之轮,你知道的就这些吗?"

"孩子,我知道的就这么多。这只是我想到的一种可能。他们总共制造了五六个轮子,但最终被政府缴获并一一销毁。这个行动让数百万人失去了生命。

"当这一切结束时,行星的殖民化开始了。一个太阳系议会成立了,控制着所有政府。他们认为催眠术太过危险,于是将其列为禁忌话题。彻底清除所有关于催眠的知识,花了好几个世纪的时间才完成,但他们成功了。证据就是你之前从未听说过它。"

"那它有益的方面呢？"简·戈登问道，"也失落了吗？"

"当然。"她父亲说，"但到那个时候，医学科学已经发展到了一个比较高的水平，对于催眠能够治疗的病症，今天的医生通过物理疗法也能治愈。"

站在门口的卡奎尔转过了身。

"教授，您认为会有人通过迪姆租借到黑目录中的禁书，并了解到这些秘密吗？"他问道。

戈登教授耸了耸肩。"有可能。"他说，"迪姆有可能偶然接触到黑目录中的禁书，但他知道不该向我出售或出租。所以我从未听说过这事。"

到了警察局后，卡奎尔中尉发现博格森中尉愤怒得几乎要发飙。

他看着卡奎尔。

"你你你！"他愤愤地说，"这个世界疯了。听着，昨天上午10点，布雷格发现了威廉·迪姆，对吧？还一直守在那里，当时斯基德、你和清理人员都在现场是吧？"

"是啊，怎么了？"卡奎尔问。

博格森的表情表明，他对事态的发展十分不安。

"没什么。只是昨天上午9点到11点多时，布雷格一直在医院急诊室治疗脚踝扭伤。他不可能在迪姆那里。7位医生、护工和护士都发誓，他当时在医院里。"

卡奎尔皱起了眉头。

"他今天帮助我搜查迪姆的商店时，走路时是有些跛。"

他说，"布雷格怎么说？"

"他说他当时在那里，我的意思是在迪姆的店里，发现了迪姆的尸体。我们只是碰巧发现了另外一种情形——如果真的有另一种情形的话。所以我要疯掉了。我明明有机会成为太空站的消防员，却接手了这份该死的工作。你还发现了什么新情况吗？"

"也许有。但首先我想问你，博格森，关于你抓住的那9个蠢货。你们辨认过这些人……"

"他们嘛……"博格森打断道，"我放了。"

卡奎尔惊奇地盯着这位副警长红润的脸。

"放了？"他重复道，"法律规定你不能这么做。伙计，他们是要被起诉的，没有经过审判，你不能就这么放走他们。"

"胡说，我就这么做了，我愿意承担责任。听着，罗德，他们说的对，不是吗？"

"什么？"

"确实，人们有权知道第二区发生了什么。要那些骗子降低身段，只有我们才能做到。这里应该是木卫四的总部。听着，罗德，团结一致的木卫四还可以接管木卫三。"

"博格森，今晚电视上有什么节目吗？你有没有听到谁在演讲？"

"当然有，你没听到吗？那是我们的朋友斯基德。你当时肯定在来这里的路上。所有电视都自动打开了——是一个面向大众的节目。"

"那么，博格森，有没有提出什么具体的建议呢，关于第二区、木卫三的？"

"明早10点在广场召开全体会议。我们都要参加。我会在那儿见到你，对吧？"

"是的，"卡奎尔中尉说道，"我想你会的。我得走了，博格森。"

现在罗德·卡奎尔知道问题出在哪儿了。他最不想做的就是在警察局里，听着博格森——似乎是受到瓦加斯之轮的影响——喋喋不休。除此之外，无法想象会是什么力量让博格森中尉说出那样的话。他越来越觉得戈登教授的猜测无比准确。除此之外，没有什么力量会导致这样的结果。

晚间，卡奎尔在木星的星光下散步，经过了他的公寓楼。他也不想回到那里。在这个夜晚，第三区的城市街道上似乎挤满了人。晚吗？他看了一眼手表，轻吹了下口哨。现在已经是凌晨两点，平时，街道上应该是空无一人的。

可今晚不是。人们四处游荡，独自一人或三三两两，都保持着诡异的沉默。脚步声沙沙响，但没人说话，哪怕是低语……

低语？！突然，街道和那些走在上面的人们让罗德·卡奎尔想起了前一晚做的梦。只不过现在他知道那不是梦，也不是普通意义上的梦游。当时，他是穿着衣服并偷偷溜出大楼的，街灯也都熄灭了，这意味着服务部门的员工也在玩忽职守。

他们也和其他人一样，跟着人群一起在街上游荡。听着昨晚的低语。

说了什么呢？他记得其中一部分……

"杀！杀！杀！你恨他们……"

罗德·卡奎尔意识到昨晚的梦成了现实，禁不住打了个寒战。他忽然觉得，小小的书店老板谋杀案实在是无关紧要。

这是一起令整座城市恐慌的事件，一起可能动摇整个世界的事件，一起可能导致不可思议的恐怖和大规模屠杀的事件，一起24世纪以来从未出现过的严重事件。这个事件起初只是一宗简单的谋杀案！

罗德·卡奎尔听到前方有个男人在对着一群人讲话。那是一个疯狂的声音，狂热地尖叫着。他加快了脚步，走过一个拐角，来到人群的旁边。人们围绕着一名站在楼梯顶端讲话的男人。

"我要告诉你们，明天就是那一天！现在摄政王支持我们，所以没有必要废黜他。今天整个晚上，大家都在紧张地做着准备。明天早上，我们在广场上集合，之后我们要……"

"喂！"罗德·卡奎尔大声喊道。那人停下演讲，转身看向卡奎尔，这群人却整齐地缓慢转身怒视着他。

"你被逮……"

卡奎尔意识到，这个举动是徒劳的。

他并不是因为人们冲着他后才明白这一点的。他并不害怕暴力。他宁愿迎接暴力，以驱除莫名的恐惧感，宁愿有机会用锋利的剑刃向四周挥舞。

站在演讲者身后的是一名穿制服的人——布雷格。卡奎尔想起，现在掌握警局大权的是博格森——他就站在对面。他怎么可能逮捕演讲者呢？博格森掌权，就不会将其记录在案。此外，引发暴乱并伤害无辜群众有什么好处呢？这些人的行为并非出于自愿，而是受到了险恶力量的控制，一如戈登教授描述的那样。

紧握利剑，他倒退着走开了。没有人追上来。他们像机器人一样转过身去，继续听演讲者慷慨陈词，仿佛从未被打断过。布雷格一动不动，甚至没有去看上司。卡奎尔中尉匆匆朝着之前的方向继续前行。沿着那条路可以回到市中心。他要找一个合适的地方使用可视电话，致电区域协调员。这是一次紧急情况啊！

瓦加斯之轮拥有者的势力范围显然尚未超出第三区。

他找到了一家通宵营业的餐馆，虽没有打烊，但空无一人，没有服务员值班，柜台后面也没有收银员。他走进了可视电话亭，按下了长途电话接线员按钮。接线员几乎立刻出现在屏幕上。

"请给我接木卫四区域协调员，"卡奎尔说，"尽快。"

"对不起，先生。根据公用事业管理者的命令，跨区域服务已暂停。"

"因何暂停？"

"我们不方便透露相关信息。"

卡奎尔咬牙切齿。好吧，也许有一个人能够帮助他。他极力克制着，然后用平静的语气说话。

"请为我接通大学公寓，找戈登教授。"他告诉接线员。

"好的，先生。"

但屏幕没有亮起，尽管印有蜂鸣器标志的红色小按钮闪烁了数分钟之久，表示它正在运行。

"无人接听，先生。"

也许戈登和他的女儿都在睡觉，睡得很熟，所以没有听到电话铃响。要不要赶过去？卡奎尔考虑了一会儿。可是他们住在城市的另一边，他们能提供什么帮助呢？不能，而且戈登教授是一个虚弱的老人，还生着病。

不，他必须——他再次按下了可视电话上的一个按钮，片刻之后，开始与飞船仓库负责人通话。

"把警察局中的那艘小飞行器开出来。"卡奎尔厉声说，"准备好，我马上就过去。"

"对不起，中尉，"负责人的回答很简洁，"根据特别命令，所有外放能量束已关闭。因出现紧急情况，所有飞行器不得出站。"

卡奎尔心想，他或许已经知道原因了。但那个来自协调员办公室的特别调查员呢？他询问道："允许入境飞船继续降落吗？"

"允许降落，但没有特别指示不得再次起飞。"对方回答道。

"谢谢！"卡奎尔说。他关闭了屏幕，走到外面。天已破晓。应该还是有机会的。特别调查员或许能够提供帮助。

　　但是，罗德·卡奎尔必须提前跟他见面，告诉他整个事件及其后果，以免他落入他手，受到瓦加斯之轮的影响。卡奎尔大步朝候机楼走去。也许他的飞船已经降落，局面难以挽回了。

　　他再次经过围着一个狂热演说者的人群。此刻，几乎每个人都受到了影响。但为什么他没有呢？为什么他不受邪恶力量的影响呢？

　　当然，在斯基德上电视时他肯定正在去警察局的路上，可这并不能解释所有发生的事情。这些人不可能都看到或听到那个视频广播。在那个时段，一些人肯定已经睡着了。

　　此外，他，罗德·卡奎尔，前一晚已经受到了低语的影响。他一定会在调查那起谋杀案——或者说几起谋杀案时——受到那个轮子的影响。

　　那么，他为什么现在摆脱了呢？他是唯一一个未受影响的人吗？是否还有其他人也逃脱了，并且能够保持理智和正常的自我呢？

　　如果答案是否定的，如果他是唯一一个，他是如何摆脱的呢？

　　他真的摆脱了吗？

　　有没有可能，他现在所做的一切都是在遵照指示，作为某个计划的一部分呢？

但这样想只会让自己发疯。他必须尽力向前看，希望情况不会变得太复杂。

然后，他开始奔跑，因为前面是候机楼的开阔区域，有一艘银色的小型太空船正在晨光中缓缓着陆。这是一艘属于官方的快速飞船——一定是特别调查员来了！他绕过候机楼，穿过铁丝网篱笆上的门，朝着已经着陆的太空船奔去。

舱门打开了。一个瘦小的男人走出来，然后关上了门。他看到了卡奎尔，微笑着。

"你是卡奎尔吧？"他友善地问道，"你们的案子很棘手，协调员办公室派我来调查。我的名字……"

罗德·卡奎尔中尉目瞪口呆，入神地盯着小个子男人。这正是警官们心心念念的那张脸，鼻子旁边的那颗疣再熟悉不过了。他知道这个男人即将宣告——

"……是威廉·迪姆。我们去你的办公室，好吗？"

无论对谁来说，这种状况都是难以接受的。

作为木卫四第三区的警官，罗德·卡奎尔中尉碰到了一生中最不可思议的神奇事件。如果同一个人被谋杀了两次，而这个案子需要你来调查，你该怎么办？更诡异的是，这个受害者后来竟然活蹦乱跳地出现在你眼前，还主动帮助你破案，你又该怎么办？

你不知道该如何面对，即使你知道他并不是真的在你眼前——或者说，即使他是真的，他也并非你眼中所见的那个人，也非你耳中所听到的那个人。

人类思维的理智程度也有极限，达到并超越这个极限时，不同的人会以不同的方式做出反应。

罗德·卡奎尔的反应是愤怒，瞬时的、无所畏的愤怒，发泄的对象就是这个特别调查员——如果他真的是特别调查员，而非根本不存在的催眠所产生的幻影。

罗德·卡奎尔挥拳，击中了他的下巴，可是这证明不了什么。唯一能证明的是，如果这位刚从快速飞船中走出来的小个子男人是个幻影——那他不仅在视觉上是，在触觉上也是。卡奎尔一通乱拳砸向他的下巴，小个子男人摇晃着向后倒去。他依旧微笑着，因为他来不及改变脸上的表情。

他仰面倒下，然后翻过身来，双眼紧闭，但依旧微笑地看着逐渐明亮的天空。

卡奎尔颤抖着俯下了身。心跳声清晰可闻。一瞬间，卡奎尔担心，自己这一击也许会要了那个人的命。

卡奎尔小心地闭上眼睛，用手触摸着那人的脸——触感仍然跟威廉·迪姆的脸一样，皮肤上的疣也没有消失。

有两个人跑出候机楼，穿过草坪径直朝他跑来。卡奎尔察觉到他们脸上的表情，然后想起了离他只有几步之遥的小飞船。他必须离开第三区，告诉别人这里正在发生的事情，因为时间已经不多了。

接线员说外放能量束被关闭了，如果这不是事实就太好了！卡奎尔撞倒了一个人，从他身上一跃而过，冲进飞船里面，猛拉控制杆。但是，飞船没有响应——不好，能量束真的被关闭了，接线员没有说谎。

留在这里没有意义，无法解决任何问题。他走出飞船，来到另一侧，远离那两人朝他冲来的方向，奔向围墙。

围墙是通电的，不足以致命，但会把他卡住，然后戴着橡胶手套的人就会剪断电线把他放下来。但如果能量束被关闭了，围墙的电源可能也会被关闭。

围墙太高了，以致无法跃过，所以他只能冒险。电源真的被关闭了。他安全地爬了过去。两个追逐者停下脚步，转身去照顾旁边早已倒在地上的人。

卡奎尔放慢脚步，继续前进。他不知道要去哪里，但他必须继续往前走。

他来到北部边界地带的一个小公园，突然意识到方向感的重要性，只是，眼下方向感似乎也没什么用。同时，他感到肌肉酸痛、疲惫不堪、头痛欲裂，如果没有确立一个有价值而且可行的目标，他就无法继续走下去了。

他在公园的长椅上躺下，头枕着手，毫无头绪。

过了一会儿，他抬起头，看到了一个有趣的东西。一个孩子的风车，插在公园的草地上，迎风旋转着，时快时慢。

它在做圆周运动，就像他的思绪一样。一个人的思绪在无法分清现实和幻觉的情况下，怎么能不绕圈呢？就像一个瓦加斯之轮一样，围绕着一个圆转动。

一圈又一圈。

但一定有解决办法。一个拥有瓦加斯之轮的人并非不可战胜，否则议会是怎么摧毁那几个轮子的呢？当然，这些轮子的拥有者会在一定程度上相互抵消催眠的力量，但一定还有最后一个轮子，掌握在某个人手中。这个人想要掌控太阳系的命运。

但他们让这个轮子停了下来。

轮子可以停下来。但怎样让它停下呢？又看不见它。事实上，一个人看到它时，它就完全控制了这个人的思想，以至于他再也无法知道轮子的存在。因为一看到它，它就俘获了他的思想。

他必须停下这个轮子，那是唯一的解决办法。但怎样才能做到呢？

设想孩子的风车就是瓦加斯之轮，但他能看见的只是一个伪装成孩子玩具的幻象。或者，轮子的拥有者此刻可能正戴着头盔，站在他面前的小路上，观察着他。这个人可能"隐身"了，因为卡奎尔的思想得到的暗示是看不见他。

但如果这个人在那儿，他就是真的在那儿。卡奎尔挥剑将其消灭，危险不就解除了吗？当然是的。

可是，怎么找出一个看不见的轮子呢？看不见轮子是因为……

然后，卡奎尔继续凝视着风车。他想到了一个办法，可能会奏效，但只有一线希望！

他迅速看了一下手腕上的手表，发现已经9点半了，距离广场示威还有半个小时。轮子和它的主人肯定会在那里。

罗德·卡奎尔中尉忘记了肌肉的疼痛，开始向市中心跑去。当然，街道上空无一人，所有人都去了广场。他们都接到指令要去广场集合。

跑了几个街区后，他已经有些气喘，不得不放慢脚步，快速地走着。他还有时间在活动结束前赶到那里，即便错过了开头也无所谓。

是的，他肯定可以赶到。然后，如果他的想法正确……

快到 10 点的时候，他经过了自己的办公楼，然后继续前行。他又穿过了几扇门，之后转过头来。电梯操作员已经离开，于是卡奎尔操作电梯向上爬升。一分钟后，他撬掉锁打开了一扇门，进入了佩里·彼得斯的实验室。

彼得斯当然不在，但那里有跟雨刮器类似的护目镜，它们是用于开采辐射性矿物的。

罗德·卡奎尔戴上护目镜，将动力电池放进口袋，按下了侧面的按钮。护目镜能够正常工作。他能看到微弱的光芒，随着雨刮器的运动不断闪动。但一分钟后它们就停了下来。

彼得斯说过，金属杆在运转一分钟后会变热膨胀。嗯，这或许无关紧要。一分钟也许足够了，而且在他赶到广场时金属杆应该已经冷却了。

但他需要能够调节它们的速度。在工作台上杂乱的物品中，他找到了一个小电阻器，并将其接在电池与护目镜之间的导线上。

他只能做到这一步了。没时间检验了。他将护目镜推到额头上，跑出大厅，乘电梯下到了一楼。片刻之后，他朝着两个街区外的公共广场跑去。

他赶到人群聚集的广场旁边，抬头仰望摄政大厦的两个阳台。下面的一个阳台上有几个他认识的人：斯基德医生，瓦尔特·约翰逊，甚至博格森中尉也在那里。

上面的那个阳台上，摄政王巴尔·马克森正独自对着下面的人群讲话。他用洪亮的声音和华丽的辞藻赞美着帝国的力量。在人群中稍远的地方，卡奎尔看到了一头银发的戈登教授，满头金发的简·戈登站在一旁。他想，他们是否也被催眠了？答案是很明显的，否则他们就不会来到这里了。他意识到，跟他们讲话是无益的，告诉他们他正试图做的事情也是无益的。

卡奎尔中尉将护目镜拉下，放在眼睛上，因为雨刮器臂的位置不对，他瞬间失明了。但是他马上用手指摸到了电阻器，把它拨回到起始位，并开始慢慢转向最大值。

然后，随着雨刮器开始疯狂地摆动和加速，他可以看到昏暗的影像了。透过弧形镜片，他向四周看了看。在下层阳台上，他没有发现异常，但在上层阳台上，摄政王马克森的身影突然模糊了。

上层阳台上站着一个男人，佩戴着一个带有导线和镜片的奇怪头盔，头盔顶部有一个直径 3 英寸的轮子，轮子上装有镜子和棱镜。

因为机械护目镜的频闪效应，轮子看起来是静止的。在一个瞬间，那些雨刮器臂的速度与轮子的旋转同步，使得每次看到轮子时它都出现在同一个位置。在卡奎尔的眼中，轮子是静止的。这是他亲眼看到的。

突然，护目镜卡住了。

但现在他不再需要护目镜了。

他知道，轮子的佩戴者一定是站在阳台上的那个人，可能是巴尔·马克森，也可能是其他人。

卡奎尔悄悄地、快速地奔跑起来，绕过人群，尽量不让别人注意到他。他终于到达了摄政大楼的边门，那里有一个正在执勤的卫兵。

"对不起，先生，任何人都不允许……"

当时他试图躲闪，但已经来不及了。只听见"啪"的一声，罗德·卡奎尔中尉的短剑拍中了他的脑袋。

建筑物内部看起来空无一人。卡奎尔爬了3段楼梯，来到上层阳台，然后沿着走廊朝阳台入口跑去。

他冲了进去。摄政王马克森转过身来。马克森此时没有戴头盔。卡奎尔已经弄丢了护目镜，但无论他能否看到，他都知道头盔和轮子仍在原处正常运转，而这就是他的绝佳机会。

马克森转过身，看到了卡奎尔中尉的面孔，以及他手中的利剑。突然间，马克森的身影消失了。在卡奎尔眼中——尽管他知道这不是事实——他面前的身影是简·戈登。简哀求地看向他，用娇柔的语调说道："罗德，不要……"

但他知道那不是简，而是瓦加斯之轮的操纵者向他发出的一个自我保护的念头。

卡奎尔举起剑，狠狠地砍了下去。

清脆的金属相撞声响起，玻璃碎了，利剑砍在头盔上，头盔一分为二。

砍中的当然不是简——而是一个死人，躺在地上，鲜血从怪异而复杂但完全破损的头盔裂缝中流出。现在，每个人——包括卡奎尔都能看到这个头盔了。

所有人，包括卡奎尔自己，都能认出谁是这个头盔的佩戴者。

他个子不高，但很结实，鼻子一侧有一个难看的疤。没错，他就是威廉·迪姆。这一次，罗德·卡奎尔确定这就是威廉·迪姆。

简·戈登说：“我还以为，你要不辞而别，搬去木卫四主城呢。”

罗德·卡奎尔把帽子扔向一个挂钩。

“哦，这事啊，”他说，“我还没有决定，是否接受去那里担任区域协调员的升职调动呢。我还有一周的时间考虑，至少这段时间我还在三区。你过得好吗，艾丝苏？”

“很好啊，罗德。坐下吧。父亲很快就会回家了，我知道他有很多问题要问你。哦，上次大集会之后我们就没见过你。”

有时候，聪明人也会犯傻。

但是反过来想，他多次求婚却被拒绝，这并不全是他的错啊。

他就这样看着她。

"罗德，新闻报道并没有透露整件事情的始末，"她说，"我知道你会原原本本地给我父亲讲一遍的。他回来之前，你能先告诉我一些吗？"

卡奎尔咧嘴一笑。

"其实没什么。"他说，"威廉·迪姆弄到一本黑目录中的禁书，从中学会了制作瓦加斯之轮的方法。最终他成功造出了一个，之后就有些蠢蠢欲动。"

"他首先想到的是杀死巴尔·马克森，接替他成为摄政王。他只需要设置好头盔，让自己看起来像马克森就行了。他把马克森的尸体放在自己的商店里，然后自导自演了一场自己被谋杀的戏。他有一种变态的幽默感，喜欢跟我们玩猫捉老鼠的游戏。"

"可他是如何完成这一切的呢？"女孩问。

"他假扮成布雷格，假装发现了自己的尸体。他描述的死亡方式，导致我、斯基德以及清理人员看到的马克森的尸体状况都不一样。难怪我们几乎要疯了。"

"但是布雷格也记得他当时在场啊。"她质疑道。

卡奎尔解释道："布雷格当时在医院，但迪姆事后见到了他，将现场发现迪姆尸体的记忆植入了他的大脑中。所以，布雷格自然认为他当时也在场。

"然后他杀了马克森的机要秘书。因为作为摄政王的亲信，这位秘书一定察觉到了一些不对劲的地方，尽管他猜不出具体是什么。谜底就是威廉·迪姆的第二具尸体。跟我们玩这种把戏时，他非常享受其中的成就感。

"当然，他根本没有派特别调查员来这里。他只是跟我开玩笑，让我觉得好像遇到了一个调查员，结果他竟然又是威廉·迪姆。我想，那时我差点就要疯了。"

"但是，罗德，你为什么没有像其他人那样深陷其中呢？我是说，所有人都被控制了，"她问道，"可你并没有被催眠影响。"

卡奎尔耸了耸肩。

"也许是因为我错过了斯基德在电视上的讲话。"他猜测道，"当然，那根本不是斯基德，而是换了一个身份戴着头盔的迪姆。也许他有意把我排除在外，因为看着我拼命调查两个威廉·迪姆被杀的案件时，他能获得一种变态的快感。这很难理解。也许在那种压力下，我有点疯狂了。也许正因为如此，我才没有完全接受群体催眠。"

"你认为他真的试图统治整个木卫四吗，罗德？"女孩问道。

"我们永远不会确切地知道他当时或后来会走到哪一步。起初，他只是通过瓦加斯之轮做催眠力量的实验。第一天晚上，他让人们离开家走到街上，然后又回来，又让他们忘记这一切。显然，这只是一次测试。"

卡奎尔停顿了一下，若有所思地皱起了眉头。

"毫无疑问，他是精神病患者，但我们猜不出他都策划了些什么。"他继续说道，"你知道护目镜的作用是消解轮子转动所产生的效应的吧，艾丝苏？"

"我知道。罗德，这个设计真是太聪明了。就像你给旋转的轮子拍摄视频一样，对吧？如果摄像机与轮子的转动同步，这样每一帧图像都会显示轮子旋转一圈后的相同位置。于是，回放视频时，轮子看起来就像是静止不动似的。"

卡奎尔点了点头。

"完全正确！"他说道，"我有幸戴过那副护目镜。尽管只有很短的一瞬间，我看到一个戴头盔的人站在阳台上——但这已经足以让我知道问题的关键了。"

"可是，罗德，你冲进阳台时，并没有佩戴护目镜。他是不是可以通过催眠阻止你？"

"嗯。但他没有这么做。我猜他可能没有时间控制我。他只能对我施加一种幻觉。最后一刻，我面前的不是巴尔·马克森或威廉·迪姆，而是你，简。"

"是我？"

"是的，就是你。我想他知道我爱你，这是他脑海中首先闪现出来的念头——觉得如果我认为站在那里的是你，我就不敢用剑刺你。尽管我的眼睛看到的是你，但实际上那并不是你，所以我就挥剑刺了下去。"

他微微颤抖着，忘不了当时刺下那一剑需要多大的意志力。

　　"最糟糕的是，我看见你站在那里，正是我日思夜想的样子——你把手伸手向我，含情脉脉地看着我。"

　　"像这样吗，罗德？"

　　这一次，他没犯傻，终于明白了简的心意。

吉森斯塔克一家

奥布丽和父母一样，过着普通的生活，也不是一个特别的小女孩。他们住在奥蒂斯大街的一间公寓里，每周晚上外出一次去打桥牌，其他晚上都安静地待在家里。

奥布丽9岁了，头发干枯而稀疏，长着一脸雀斑，但是9岁的孩子从不为这些事情而烦恼。父母送她上了一家学费不贵的私立学校，她在学校里表现良好，跟其他孩子相处得很好。小提琴课上，她用的是一把小号的小提琴，但她的演奏水平令人不敢恭维。

也许，她最大的缺点是喜欢熬夜，但这其实是她父母的错，因为他们允许她熬到很晚，从不催促她去睡觉。甚至，在她只有五六岁大时，也很少在晚上10点之前上床睡觉。有时候，母亲担心她，于是早早地把她抱上床，她也不会入睡。索性，就让孩子熬着呗。

现在，9岁的她跟父母一样晚睡，通常在晚上11点左右才去睡，如果有牌友来玩桥牌或者外出的话，会更晚一些，因为父母通常会带上她。奥布丽喜欢跟他们一起，无论做什么。她可以在剧院的座位上静静地坐着，或者在夜总会一边喝着姜汁汽水，一边认真地看着父母喝一两杯鸡尾酒。她瞪着大眼睛，好奇地欣赏着那儿的噪声、音乐和舞蹈，享受在那里的每一分钟。

有时候，她妈妈的弟弟理查德也会和他们一起去。她和理查德舅舅是好朋友，今天舅舅给她带来了布娃娃。

"今天碰到了一件好玩的事情，"舅舅说，"路过罗杰斯广场的海员大楼时——伊迪丝，你知道的，霍华德医生过去的办公室就在那儿——我听到'砰'的一声，有个东西掉了下来，落在我身后的人行道上。我转身一看，是一个包裹，就是这只。"

"这只包裹"是一个比鞋盒稍大的白色盒子，系着灰色丝带，显得有些怪异。奥布丽的父亲山姆·沃尔特斯饶有兴趣地打量着盒子。

"没有凹痕，"他说，"所以不可能是从高层的窗户掉下来的。包裹原先是这样捆的吗？"

"对，就是这样。我打开后看了一下，然后又把丝带重新系好了。哦，我不是说当时就把盒子打开了。我于是停下来抬头往上看，想看看是谁丢下来的——我想看看有没有人在窗口张望。但是没有人，所以我捡起了盒子。里面有东西，但不是很重。盒子和丝带看起来貌似……嗯……不像是有人故意扔掉的东西。于是我仰头看了看，什么也没有，然后我轻轻地摇了一下盒子，然后……"

"好了好了。"山姆·沃尔特斯说，"不要给我们讲这么多细节啦。你没有发现是谁丢的盒子吗？"

"没有。然后我一直爬到4楼，问了一下窗户正好位于我捡到盒子的位置上方的那家人。碰巧他们都在家，但他们说从来没见过这只盒子。我以为它可能是从窗台上掉下来的。但是……"

"里面是什么，迪克？"伊迪丝问道。

"娃娃，有4只。于是我今晚给奥布丽带来了，不知道她想不想要？"

他解开了包装。奥布丽说："哦，理查德舅舅，它们——它们真可爱呀！"

山姆说："嗯。跟娃娃相比，这些更像模特，迪克。我是指它们的着装。可能每个都要值好几美元。你确定找不到主人了吗？"

理查德耸了耸肩。"我不知道怎么找到他。就像我说的，我问了4楼的住户。从盒子的外观和掉落的声音来看，它不可能从那么高的地方掉落。而且我打开后，嗯……快看……"他拿起其中一个娃娃，递给山姆·沃尔特斯检查。

"蜡质娃娃。我是说头和手，一个都没有破裂。它不可能从2楼以上的地方掉下来。即使是2楼，我也看不出……"他再次耸了耸肩。

"它们是吉森斯塔克一家。"奥布丽说。

"什么？"山姆问道。

"我叫它们吉森斯塔克一家人。"奥布丽说道，"看，这个是吉森斯塔克爸爸，这个是吉森斯塔克妈妈，还有那个小女孩，那是——奥布丽·吉森斯塔克。还有一个男人，是小女孩的舅舅，我们就叫他吉森斯塔克舅舅好了。"

山姆笑了起来。"和我们家一样啊？可是如果吉森斯塔克舅舅是吉森斯塔克妈妈的兄弟，就像理查德舅舅是妈妈的兄弟一样，那他不应该姓吉森斯塔克啊。"

"不管怎样，必须叫吉森斯塔克。"奥布丽说道，"他们都是吉森斯塔克一家的。爸爸，你能给我买一所房子让它们住吗？"

"一个娃娃屋？嗯……"他本来要说"当然可以"的，但看到妻子的眼神后，记起了一周后就是奥布丽的生日，之前一直没想好给她买什么礼物。于是他匆忙改口道："嗯，我不知道。我要考虑一下。"

那是一所漂亮的娃娃屋。虽然只有一层，但设计相当精巧，屋顶可以升高，可以重新布置家具，将娃娃从一个房间移到另一个房间。配上理查德舅舅带来的小人偶，简直妙极了。

奥布丽异常高兴。其他玩具都黯然失色了，只要醒着，她心里想的都是吉森斯塔克一家人的"日常活动"。

直到过了一段时间，山姆·沃尔特斯才开始注意到吉森斯塔克一家人的奇怪之处，并开始思考。

起初，对接连发生的巧合，他只是一笑而过。

之后，他的眼中浮现出一丝困惑。

直到相当长一段时间后，他不得不把理查德拉到一边去说话。他们4个人刚从剧院回来。他说道："呃，迪克……"

"山姆，怎么了？"

"迪克，这些娃娃，你是从哪里弄来的？"

理查德不解地看着他。"山姆，你说什么？我告诉过你我是从哪里弄来的呀。"

"是的，但你不是在开玩笑吧？我是说，也许是你给奥布丽买的，担心我们会反对给她这样一件昂贵的礼物，所以你……嗯……"

"不，真的，我没有开玩笑。"

"但是，迪克，它们不可能从窗台掉下来却没有摔碎，因为它们是蜡质的。难道是跟在你后面的人或者开车经过的人……"

"山姆，周围没有人，一个人也没有。我后来也回忆过。如果要撒谎，我怎么会编出这样一个奇怪的故事呢，对吧？我会说我是在公园的长凳上或者电影院的座位上发现它们的。只是你为什么这么好奇呢？"

"我……嗯……我只是刚刚有些好奇罢了。"

其实，山姆·沃尔特斯一直在思量这件事。

一开始，基本上都是些小事情，比如奥布丽说："吉森斯塔克爸爸今天早上没有去上班，他躺在床上，生病了。"

"真的吗？"山姆问道，"那位先生怎么了？"

"我猜是吃了什么不好的东西。"

然后，第二天早上吃早餐时，山姆问道："奥布丽，吉森斯塔克先生怎么样了？"

"稍微好一点了，但是他今天还不能去上班，医生说也许明天可以。"

第三天，吉森斯塔克先生去上班了。巧的是，当天中午，山姆·沃尔特斯因为吃了某些东西而感到非常不舒服。更巧的是，他因病连续两天不能工作——这是他这几年来第一次请假。

一些巧合发生得早些，另一些则发生得晚些。他无法准确地做出预判——如果吉森斯塔克家发生了事，他们一般会在 24 小时内遇到同样的事情。

"吉森斯塔克妈妈和爸爸今天吵架了。"

山姆曾经竭力避免与伊迪丝发生争吵，但他似乎做不到。他到家的时候已经很晚了，但这并不是他的错。这种事情经常发生，但这次伊迪丝很不满意。他的解释无法平息妻子的怒火，最后他也发了脾气。

"山姆，"理查德说道，"你看起来有些心神不宁。是因为生意上的烦恼吗？听着，从现在开始，情况会好转的。你的公司根本没有什么可担心的。"

"不是的，迪克。那个……我是说，其实我并不担心。

也不完全是这样。我是说……"他不得不编造了一两件烦心事让理查德来开导他。

他对吉森斯塔克一家的事耿耿于怀。如果他是个迷信的人，也许情况不会那么糟糕。但他不是。因此，每发生一次巧合，他的心情就会比上一次更加沉重。

伊迪丝和她的兄弟注意到了山姆的异常。于是当山姆不在身边时，他们讨论起了这件事。

"最近他表现得很奇怪，迪克。我……我真的很担心。他举止怪异——你觉得我们能说服他去看医生或者……"

"心理医生吗？嗯，能说服他最好。但我看他不会同意的，伊迪丝。有什么事在困扰着他，我已经试着问他了，但他不肯说出来。你知道的——我觉得这与那些该死的娃娃有关。"

"娃娃？你是说奥布丽的玩偶？你送给她的那些？"

"是的，吉森斯塔克一家。他坐在那里盯着娃娃屋发呆。我听到他向孩子询问有关娃娃的问题——他是认真的。我觉得他对娃娃产生了一些错觉或者想法，至少与它们相关。"

"但是，迪克，那……太糟糕了。"

"听着，伊迪丝，奥布丽现在对它们的兴趣不像以前那么强烈了。她有什么特别想要的东西吗？"

"舞蹈课。但她已经在学习拉小提琴了，我觉得我们不能让她……"

"你觉得如果她承诺放弃那些娃娃就可以去上舞蹈课，

她会同意吗？我觉得我们必须把娃娃扔出公寓。但我不想伤害奥布丽，所以……"

"好吧。可是我们要怎么告诉奥布丽呢？"

"告诉她我认识几个贫困家庭的孩子，他们一件玩具都没有。如果你描述得足够动人，我想她会同意的。"

"但是，迪克，我们该怎么告诉山姆？他会看穿的。"

"奥布丽不在的时候，告诉山姆，你觉得她的年纪不适合玩娃娃了。另外——告诉他你认为她对娃娃表现出的兴趣不太健康，医生建议她要尽量避免接触这种东西。"

"奥布丽没有过度热情，她对吉森斯塔克一家的兴趣已经大不如前了。何不既让她拥有娃娃，又上舞蹈课呢？"

"亲爱的，我觉得没有时间兼顾两者了。想想那些没有娃娃玩的孩子们多可怜，你应该为他们感到难过。"

最终，奥布丽让步了。不过，距离舞蹈学校开学还有10天，她想先保留这些娃娃，等舞蹈课开始了再处理掉。两人的争吵没有结果。

山姆深吸了一口气。"好的，迪克。如果你这么说的话，我……我想我可以稍微放松一下。"

伊迪丝带着奥布丽回来后，对她的兄弟眨了眨眼。"你们俩下楼去找拐角处的车站打辆出租车，你们回来的时候我和奥布丽就下楼。"

男士们穿上外套准备出门。理查德在山姆的背后，向伊迪丝瞥了一眼，她点了点头。

外面，白雾茫茫，只能看到几码远。山姆坚持让理查德在门口等伊迪丝和奥布丽，他去叫车。在山姆回来之前，妈妈和女孩已经走下了楼。

理查德问："你难道……"

"是的，迪克。我本来打算扔掉的，但改变主意，把它们送人了。这样，它们也就离开我们了。如果我把它们扔掉，他可能会去垃圾堆里找回来的。"

"送人了？送给谁了？"

"说起来很有意思，迪克。我打开后门时，正好有个老奶奶经过。我不知道她住在哪间公寓，估计是清洁工之类的人，虽然看起来像个巫婆。当她看到我手里的那些娃娃时……"

"车来了，"理查德说，"你把娃娃给了她？"

"是的，挺有趣的。她问道：'给我的？留着？永远？'这话问得奇怪吧？但我笑着说：'是的，夫人。永远属于……'"

她停了下来，因为隐约可见出租车已经停在路边，山姆打开车门喊道："大家快上车！"

奥布丽蹦蹦跳跳地穿过人行道上车了，其他人紧随其后。车子启动了。

雾越来越浓了。他们根本看不清窗外的景象。仿佛有一堵灰色的墙壁贴紧在玻璃上，外面的世界已经完全消失了。

从他们的座位上看过去，即使是挡风玻璃，也变成了一片灰色的虚无。

"他怎么开得这么快？"理查德问道，他的声音带着一丝紧张，"顺便问一下，我们要去哪里，山姆？"

"天哪！"山姆说，"我忘了告诉她。"

"她？"

"对，女司机。现在到处都是它们！我要……"

他探过身子，敲了敲玻璃窗，女司机转过身来。

看到她的脸，伊迪丝尖叫了起来。

捧读文化
触及身心的阅读

出 版 人　古　莉
出 品 人　张进步　程　碧
责任编辑　姜朝阳
特约编辑　孟令堃　陆半塘
装帧设计　仙境设计
版式设计　博雅书装